천극의 서

天極之書

권인호 신무협 장편소설

ORIENTAL FANTASY STORY & ADVENTURE

8

dream books
드림북스

천극의 서 8 천극신공

초판 1쇄 인쇄 / 2012년 7월 25일
초판 1쇄 발행 / 2012년 8월 6일

지은이 / 권인호

발행인 / 오영배
편집팀장 / 권용범
책임편집 / 편집부
펴낸 곳 / (주)삼양출판사 · 드림북스

주소 / 서울특별시 강북구 송천동 322-10호
대표 전화 / 02-980-2112 팩스 / 02-983-0660
편집부 전화 / 02-980-2116 팩스 / 02-983-8201
블로그 / blog.naver.com/dreambookss

등록번호 / 제9-00046호
등록일자 / 1999년 3월 11일

값 8,000원

ISBN 978-89-542-4597-5 (04810) / 978-89-542-3675-1 (세트)

* 지은이와 협의하에 인지는 생략합니다.
* 잘못된 책은 구입한 곳에서 바꾸어 드립니다.

天極之書
권인호
장편소설
8
천극신공
dream books
드림북스

목차

제1장

강태공은 세월을 낚고 천풍은 무공을 낚는다

천극의 서

반즉살 복즉생의 기치 아래 일어선 흑지 비사천문은 막강했다.

사천당문이 하룻밤 사이 멸문의 화를 당했고 청성과 아미가 문파의 근간이자 터전인 청성산과 아미산을 등졌는가 하면, 운남의 점창파마저도 문파의 맥만을 간신히 유지한 채 중원으로 내쫓겨야 했다.

그렇게 서쪽 무림을 일거에 집어삼킨 흑지 비사천문과는 반대로 중원 무림은 하루가 다르게 급변하는 정세에 혼란과 공포로 요동쳤다.

흑지 비사천문의 파죽지세와도 같은 기세에 풍전등화의 위급에 처한 중원 무림이 급기야 무림맹까지 창설해 대응

했지만 눈앞의 이득을 탐하다 결국 민심만 등을 돌리게 만들고 말았다.

대의 하나로 똘똘 뭉쳐서 싸워도 버거운 적인데 제 잇속 챙기기에만 바빠 사분오열되어 있으니 당해 내지 못하는 거야 당연했다.

거듭된 연전연패.

무림맹은 그야말로 초상집 분위기였다. 무림맹 내부에서조차 중원 무림은 이제 틀려먹었다는 말이 공공연히 나돌 만큼 상황은 절망적이었다.

그때였다.

그동안 모든 정사를 형산파에 일임한 채 한 발 뒤로 물러서 있던 소림과 무당, 화산이 드디어 세상을 향해 큰 걸음을 내디뎠다.

소림 방장 공효, 무당 장문인 해천, 화산 장문인 단학영이 공동성명을 통해 무림맹에 대한 백의종군하는 마음과 전폭적인 지지를 발표한 것이다.

천하 대의를 위해 기꺼이 무림맹의 한 팔이 될 것이고, 적도의 더러운 발자국이 더는 중원 땅을 더럽히지 못하도록 창검을 들고 기꺼이 선봉에 설 것이오!

사분오열되었던 무림맹이 다시 하나로 뭉쳤다.

입맹을 망설이던 문파들도 하나둘 무림맹으로 모여들기 시작했다.

그리해 아득한 절망으로 한숨만을 토하던 중원 무림의 기세가 들불처럼 타올랐다.

중원 무림은 강하다.

그 어떤 적이라도 이길 수 있다.

무림인들의 마음속에 그 같은 희망이 잃어버린 자신감을, 뭉개져 버린 자부심을 다시금 일깨웠다.

그렇게 들불처럼 일어난 중원 무림의 기세가 워낙에 사나워서일까? 그런 중원 무림과는 반대로 어쩐 일인지 조용하기만 한 흑지 비사천문이다.

소림과 무당, 화산의 가세에 흑지 비사천문이 겁을 먹은 것이라 했다.

태산과 북두의 높고 큰 이름 앞에서는 천하의 도제도 선불리 칼을 뽑지 못하는 것이라 했다.

그로 인해 중원 무림의 기세는 한껏 더 불타올랐다.

반격의 목소리도 커졌다.

당장에라도 흑지 비사천문을 쳐서 중원 무림의 강함을 천하 만방에 알려야 한다고 하나같이 입을 모았다. 그렇게 천하 무림이 급변하고 또 격동하는 그때에도 흑지 비사천문은 여전히 폭풍 전야의 고요함만을 껴안고 있었다.

*　　*　　*

“왜 공격하지 않으시는 거죠?”

추도향이 물었다.

이해가 되지 않았다.

소림과 무당, 화산의 가세에 겁을 집어먹은 것도 아니었고 태산과 북두의 큰 이름이 도제를 망설이게 하는 것도 아니었다.

중원 무림이 사기충천해 있다지만 그 정도에 물러설 것이었다면 애당초 사막을 건너지도 않았을 것이다.

그녀가 지금껏 지켜본 흑지 비사천문은 천하를 두고 중원 무림과 능히 자웅을 겨룰 수 있을 만큼 강했다. 당장 드러난 힘의 크기만 비교해도 저울추는 흑지 비사천문 쪽으로 기울어진다는 것이 그녀의 판단이었다.

물론 중원 무림의 저력이란 것은 무시할 수 없다. 하지만 흑지 비사천문 역시 도제 백무강이라는 강력한 지원군을 등에 업고 있지 않은가.

‘대체 왜?’

지금 당장 전면전을 벌인다고 해도 충분히 승부를 걸어볼 만한 상황이었다. 한데 대체 왜 그들은 여우를 만난 고슴도치처럼 몸을 잔뜩 웅크리고 있는 것일까?

아니, 그녀가 정말로 이해가 안 되는 것은 지금이 아니라 그 전이다.

지금처럼 중원 무림이 무림맹을 중심으로 하나로 뭉치기 전, 사천 무림을 집어삼킨 그 기세 그대로 중경을 넘었더라면 일거에 무림맹 총단을 무너뜨릴 수도 있었을 것이다. 그리되었다면 채 정비되지 않은 중원 무림을 흑지 비사천문의 발아래 무릎 꿇리는 일은 그리 어려운 일이 아니었다.

한데 흑지 비사천문은, 아니, 도제 백무강은 그러지 않았다.

그 좋은 기회를 뒤로 하고 마치 중원 무림이 제대로 힘을 갖추기를 기다리고 있기라도 하는 것처럼 그렇게 느긋이 한 발 물러서 있었다.

"사람이 스스로 살아 있음을 느낄 때가 언제인지 아느냐?"

뜬금없는 질문.

"그건 바로 죽음을 접했을 때지. 굳이 내가 아니어도 된다. 내가 아닌 다른 누군가의 죽음을 접하는 것만으로도 그저 살아가는 것이 전부였던 사람이 모순되게도 그제야 자신이 살아 있음을 느낀다는 말이지. 내 나이 채 열 살도 되지 않은 때에 겪었던 내 어머니의 죽음이 내게 그러했듯이 말이다."

"……."

무슨 말이 하고 싶은 것일까?

"나는…… 그저 세상 속에 내가 살아 있음을 느끼고 싶은 것뿐이다."

"……."

"그것이 더 강하면 강할수록, 크면 클수록, 시끌벅적하면 시끌벅적할수록 좋겠지."

말투는 처연했지만 듣는 추도향은 그 속에서 소름 돋는 섬뜩함을 느꼈다. 그런 한편으로 허탈함도 같이 느꼈다.

말하자면 지금 벌이고 있는 이 모든 일이 그저 살아 있음을 느끼기 위함이라는 것이다.

'고작 그런 이유 때문이라고?'

고작 그런 이유로 도문의 멸문을 방치하고 사천당문을 멸족시켰단 말인가?

차라리 천하일통이라는 야망이나 혹지 비사천문을 위한 무림 정벌의 대의라 했다면 이처럼 허탈하지는 않았을 것이다.

'그 많은 목숨을 담보로 이런 엄청난 일을 벌인 것이 고작 당신 자신이 살아 있음을 느끼기 위해서라니…….'

허탈함의 한편으로 섬뜩함을 같이 느낀 것은 백무강이 바라는 다른 누군가의 죽음이란 것이 비단 중원 무림만은 아니었기 때문이다.

중원 무림의 죽음만을 원했다면 이렇듯 미적일 이유가

없었다.

'강하면 강할수록, 크면 클수록, 시끌벅적하면 시끌벅적할수록…….'

보다 많은 죽음을, 보다 많은 피를 볼 수만 있다면 적아는 상관이 없다. 흑지 비사천문조차 도제 백무강에겐 고작 삶의 활력을 위한 좋은 칼이자 또한 제물이기도 한 것이다.

'광기…….'

열사의 땅에서 백무강과 조우했을 때, 그때 백무강에게서 보았던 광기의 실체가 바로 이것이었다.

"그자도 알고 있습니까?"

"아극소 그 아이 말이냐?"

추도향이 고개를 끄덕였다.

흑지 비사천문의 당대 군주인 아극소도 과연 백무강의 이러한 속내를 다 알고도 그를 돕는 것일까?

"알고 있겠지. 나보다도 내 속을 더 잘 아는 아이니까."

"그런데도 이 같은 일에 동참을 했단 말인가요?

"아니지, 아니야. 아무래도 단단히 오해를 하고 있는 모양이구나. 엄밀히 말하자면 내 일에 그 아이가 동참을 한 것이 아니라 내가 그 아이의 일에 동참을 한 것이니 말이다."

"……?"

"도문의 일도 그렇고…… 나는 그저 묵인하고 방관했을

뿐, 모든 건 그 아이의 뜻이었다.”

“그럼 그자의 목적은 뭐죠? 정녕 무림일통이라도 해 볼 생각이란 말인가요?”

“아니, 야망이나 욕심에 의해 움직이는 아이가 아니다. 어린아이처럼 상당히 감정적인 면이 있지. 이번 일 또한 다분히 즉흥적으로 시작한 일이었고. 도문의 일만 해도 흑지의 정통성을 바로 세운다는 명분을 내세우긴 했지만, 실은 나에 대한 원망을 기껏 그렇게 투정 부려 댄 것뿐이니까.”

기가 막혔다.

투정이라는 표현은 이럴 때 쓰는 것이 아니다.

모름지기 투정이라 함은 형 것보다 제 밥이 적어 보일 때나, 저 홀로 남겨 두고 어미가 밭일을 갈 때에나 쓰는 단어다.

이천 명이다. 무려 이천의 도문 형제들이 몰살을 당했는데 그것을 두고 그저 투정이었다 하면 그 억울한 죽음들이 너무 가벼워 보이지 않는가.

아니, 그 전에 백무강에 대한 원망이란 것은 또 뭐란 말인가?

‘대체 얼마나 지독한 원망이길래…….’

“그때는 나 역시 그 아이 못지않게 즉흥적이고 감정적이었으니까. 하긴, 그건 지금도 마찬가지인가…… 아무튼 피가 뜨거웠던 그때는 모래뿐인 사막이 싫었다. 그래서 흑지를 버리고 중원으로 왔지. 앞을 막는 일문 형제들이 귀찮게만 느껴져서 홧김에 내가 다시 돌아가기 전에는 그 누구도 흑지를 벗어나지 말라는 엄명까지 내렸고. 그때는 나조차도 그리도 오래 중원 땅에 머물게 될 거라고는 생각지 못했으니까. 그렇게 백 년이다. 내 그 어린 날의 혈기로 인해 흑지는 지난 백 년을 사막 그 열사의 땅에 갇혀 있어야 했다. 아극소 그 아이는 지난 백 년의 원망을 도문을 통해 그렇게 화풀이를 한 것이고. 내게 그간의 무심함을 시위하듯이 말이야."

자신이 살아 있음을 스스로 확인하기 위해서 중원 무림은 물론이고 흑지 비사천문까지도 제물로 삼으려는 백무강이나 그저 백무강에 대한 투정으로 도문을 몰살시킨 아극소나 가히 정상은 아니다.

흑지란 곳이 원래가 저렇듯 상식 밖의 사람들이 모여 사는 곳일까? 아니면 그곳에서 살면 저렇듯 상식 밖이 되어버리는 것일까?

"야망 때문도 욕심 때문도 아니라면 그럼 대체 그자가 원하는 게 뭐죠?"

대체 무슨 목적으로 백무강이 흑지 비사천문까지도 제물로 쓰려는 것을 알면서도 중원 땅을 넘은 것일까?

"글쎄…… 내게도 진정을 보이지 않는 아이니 나로서도 그 속을 알 수야 없는 노릇이지. 사실 그 아이가 무슨 생각을 하고 있든 내가 상관할 바도 아니고. 내가 정말로 알고 싶은 것은 그 아이의 속내가 아니라 오히려 네 마음이다."

"……."

"너는 무슨 연유로 여기에 머물러 있는 것이냐?"

붙잡지도 않았고 달리 위협을 가하지도 않았다.

도문의 멸문을 방조하고 사천당문을 그 손으로 멸족시킨 것을 생각하면 그녀에게만은 지나치게 관대한 백무강이었다.

하지만 그녀는 떠나지 않았다.

뭔가를 해 보려는 생각은 아니었다.

이 말도 안 되는 현실 앞에 과연 복수의 칼날을 세워야 하는 건지, 아니면 체념하고 돌아서야 하는 건지 그마저도 결정을 내리지 못하고 있었다. 아니, 뭔가를 해야겠다는 의지조차 가질 수 없을 만큼 그녀의 마음속은 온통 혼란으로 가득 차 있었다.

혼란 중에도 단 하나 그녀의 발을 지금까지 도제의 곁에 묶어 놓은 것은 그저 지켜보고 싶다는 것이었다.

그저 지켜보고 싶었다.

혹지 비사천문이, 도제 백무강이 과연 어디까지 가려는지, 그 길의 끝에 과연 무엇이 있을 것이며 백무강이 그 손을 피로 물들인 대가로 과연 무엇을 움켜쥐게 될지…….

"하긴, 이유를 따져 무엇할까. 내가 그러했듯 너 역시 그러고 싶으니 그러는 것이겠지. 아극소 그 아이도 그러고 싶으니 그러는 것이고. 그나저나…… 그 이야기는 들었느냐?"

"……?"

"무림맹에 말이다. 그 아이가 들어갔다더구나."

"……?"

"천풍 그 아이 말이다. 현천문이라던가…… 그사이 문파까지 만들었다는 게야. 더욱이 그 수가 삼만이나 된다고 하니 실로 괄목상대라 할 만하지 않느냐?"

그 일은 그녀도 들어 알고 있었다.

그러나 별로 대수롭지 않게 여겼다.

새삼스러울 것도 없었다.

그 스스로 거부하고 도망쳐 나왔지만 어차피 애초부터 천절문의 주인은 천풍이었다. 어찌하다 천절문이 현천문으로 바뀌었는지는 모르지만 그녀에겐 그저 천풍이 원래의 자리를 찾은 것 정도로밖에는 여겨지지 않았다. 그러니 괄목상대랄 것도 없었다.

물론 궁금하긴 했다. 무림사에 별다른 관심을 보이지 않던 그가 왜 무림맹, 그 복마전 속으로 뛰어든 것인지도 궁금했고 그사이 어떤 모습으로 어떻게 변했을지도 궁금했다.

"어쨌든…… 그 아이를 끌어들인 건 무림맹에서 한 일 치고는 가장 잘한 일일 게야. 덕분에 이제야 좀 재미가 있어질 것 같으니 말이다."

백무강은 즐거워 보였다.

자못 기대가 된다는 표정이었다.

백무강의 말대로 천풍을 끌어들인 것은 무림맹이 한 일 중에서 가장 잘한 일일지도 몰랐다. 어쩌면 백무강을 대적할 수 있는 유일한 존재일 수도 있었다.

'앞으로 혹지 비사천문과의 싸움에서 그의 존재가 과연 어떠한 변수로 작용하게 될지…….'

의미는 달랐지만 그녀 역시도 천풍을 떠올릴라 치면 설레고 기대가 되는 것은 별반 다르지 않았다.

하지만 그들이 그렇게 유쾌한 기대로, 혹은 막연한 설렘으로 천풍을 떠올리는 것과는 달리 정작 천풍과 현천문은 무림맹에서 그야말로 찬밥 신세로 전락해 있었다.

*　　*　　*

"이건 해도 해도 너무하잖습니까? 우리가 무슨 동네 바둑이도 아니고, 왜 우리가 무림맹 앞마당이나 지키고 있어야 하느냔 말입니다!"

마등이 생각만 해도 분통이 터진다는 듯 콧김까지 내뿜으며 씩씩거렸다. 그도 그럴 것이 무림맹 총관이라는 자가 현천문까지 직접 찾아와서 입맹을 권할 때는 귀빈이라도 대하듯이 해 놓고는 막상 무림맹에 입맹하고 보니 귀빈은 커녕 마치 소용이 다한 물건 내다 버리듯 그들을 과거 도문 밖 도원부가 있던 곳에 머물게 했다.

덕분에 무림맹을 오가는 무림인들의 구경거리 신세로까지 전락해 버렸다. 너 나 할 것 없이 여기서 힐끗 저기서 힐끗, 신기한 동물 쳐다보듯 하기 일쑤다.

무림맹 총관 홍유에게 왜 현천문만 총단 밖에서 밤이슬 맞으며 지내야 하느냐 따져 물었더니 현천문 문도가 너무 많아서란다.

삼만에서 나름 추리고 추려 삼천을 선별해서 왔지만 다른 문파들에 비해 인원이 많은 것은 틀림없는 사실이었다. 그들 삼천을 수용 못 할 만큼 무림맹 총단이 비좁지는 않았지만 무림맹 입장에서는 부담이 될 수도 있겠다 싶었다. 그래서 더 따지지 않고 이 불편한 생활을 참고 견딘 것인데, 이제는 그것도 한계였다.

비단 오가는 사람들의 시선이 불편해서만은 아니었다. 장소의 협소함 때문도 아니었다. 근본적으로 현천문을 대하는 무림맹의 태도가 더는 참기 힘들 만큼 불쾌해서였다.

말로는 조금만 기다리면 맹 내에 마땅한 거처를 마련하겠다고 했지만 어디까지나 말뿐, 신경조차 쓰지 않는 기색이 역력했다. 그것은 소림과 무당, 화산의 수장들이 무림맹

지지를 표명하고부터 더 심해졌다.

소림과 무당, 화산의 수장들이 무림맹 지지를 공표한 후 무림 전역에서 무림맹에 입맹하고자 하는 발길들이 끊임없이 이어지자 어느 순간부터는 아예 현천문이란 존재는 홍유의 뇌리에서 까마득히 잊혀져 버린 것 같았다.

"이럴 거면 애당초 우리를 왜 불렀느냔 말입니다!"

그러니 마등이 분통을 터트리는 거야 당연했다.

어디 마등뿐이랴. 혹은 중원 무림에 대한 충의로, 혹은 입신양명의 기회로 삼아 이름을 떨치려 했던 욕심으로 한껏 호기에 차서 호북 땅을 밟은 현천문 삼천 문도들 모두가 무림맹의 처우에 불만이 가득했다.

무림맹의 대우가 그러니 현천문을 보는 다른 문파들의 시선도 자연 호의적이지가 못했다. 처음에는 천하오절과 옥면신룡의 이름에 호기심을 보이던 사람들의 시선이 이내 시큰둥해졌는가 하면 그런 호기심마저도 창피하다는 듯 면전에다 대고 비웃음을 흘리는 자들도 있었다.

무림맹의 초청을 받은 것은 현천문도 다르지 않음에도 불구하고 현천문과 자신들은 염연히 그 위치가 다르다는 특권 의식과 가소로운 우월감…… 천하오절이 한때 세상을 떠들썩하게 했다고는 해도 그들에게 중요한 것은 결국 지금 입고 있는 옷과 지금 앉아 있는 자리인 것이다.

이래저래 자존심에 상처를 받은 현천문이다.

현천문에 들어 천하오절의 무공을 얻게 된 것만으로도 천하를 다 얻은 듯했던 현천문 문도들로서는 그들을 보는 세상의 차가운 눈에 그제야 현실을 직시할 수 있었다.

삼류라는 껍질이 얼마나 단단한 것인지도 알았고 또한 얼마나 무기력한 것인지도 알았다. 그런 만큼 화도 나고 오기도 치밀었다.

하지만 참았다.

무림맹의 대우가 어떠하든, 세상의 눈이 어떠하든 그들은 자신들의 가능성을 믿었다. 천풍을 믿었고 천풍을 통해서 본 천하오절의 무공을 믿었다.

언제고 기회가 올 것이다. 그때 실력으로 증명해 보이면 된다. 그리하면 무림맹의 대우도, 세상의 눈도 달라질 것이다.

그렇게 절치부심하며 때를 기다렸다.

하지만 그러한 절치부심조차 부질이 없었다.

실력으로 증명을 해 보이려고 해도 뭔가 비빌 언덕이 있어야 하지 않는가 말이다.

도무지 소식이 없다.

소문처럼 무림맹의 기세에 겁을 먹은 것인지, 아니면 무슨 다른 속사정인지는 모르지만 그 서슬 퍼렇던 비사천문의 칼날이 너무 조용하기만 하다.

영웅은 전장에서 나기 마련인데 황당하게도 그 전장이

통째로 사라져 버린 것이다.

간혹 국지적으로나마 소규모 전투 소식이 있기도 했지만, 그럴 때마다 흥분도 하고 기대도 했지만, 드디어 현천문의 이름을 천하 만방에 떨칠 기회가 온 것이라며 들떠도 했지만 그것은 이내 실망으로 바뀔 뿐이었다.

언제나 기회는 그들의 손이 닿기 전에 사라져 버리곤 했다. 기껏해야 현천문에 하달되는 명이란 것이 맹 내의 허드렛일이나 잔심부름이었으니 그야말로 김빠지는 일상이었다.

다시 말해 현천문은 무림맹에서 철저히 전력 외로 분류되고 있는 것이다.

"본 문을 무시해도 유분수지, 이건 정말 해도 해도 너무하지 않습니까? 이런 대접을 받으면서까지 여기에 있을 이유가 없습니다! 차라리 그냥 서호로 돌아가십시다!"

분에 겨워 침을 튀겨 대는 게 어디 마등뿐이겠는가. 무림맹에 머물러 있는 현천문도들 모두가 참을 만큼 참은 터라 언제 폭발할지 모르는 상태였다.

하지만 그 같은 현천문도들의 분위기와는 달리 정작 천풍은 천하태평이었다.

그는 무림맹의 처사에 대해 전혀 불만이 없었다. 오히려 전장으로 내몰지 않는 것에 내심 고마워하고 있었다.

그도 그럴 것이 어차피 그에게는 영웅이 되어 볼 욕심도 없었고 중원 무림에 대한 충심도 없었다.

대세라는 것에 이끌려 할 수 없이 무림맹 입맹을 결심하기는 했지만 또다시 사람의 마음을 잃어버리고 스스로를 통제하지 못하게 될까 봐 어지간하면 그 손에 피를 묻히지 않을 작정이었다. 그런 차에 고맙게도 전장으로 부르지 않으니 그로서는 오히려 안심이 되는 것이다.

'앞으로도 요즘만 같으면야 얼마나 좋을까…….'

또 하나 걱정을 던 것은 소림과 무당, 화산의 정예들이 전략적 요충지이자 최전방 접경지인 중경으로 모두 떠난 덕분에 소림 십팔나한들과도 당분간은 마주칠 일이 없다는 것도 천풍의 마음을 천하태평으로 이끄는 호재 중 하나였다.

마등이 한바탕 불만을 토하고는 천풍의 거처를 나갔다.

보나 마나 오늘은 하루 종일 술독에 빠져 지낼 것이 분명했다. 물론 다른 현천문 문도들도 당연히 거기에 동참해서 술판을 벌일 것이다.

'금산객잔은 오늘도 시끌벅적하겠군.'

금산객잔의 주인 왕삼이 행복한 비명을 질러 대며 연신 싱글벙글하는 것이 벌써 눈에 선했다. 현천문이 무림맹에 입맹한 것을 반기는 자가 있다면 모르긴 몰라도 왕삼이 유일하지 않을까 싶다.

마둥이 나가고 천풍은 잠시 고민했다.

소림사 장경각에서의 혹독한 경험 탓에 그들과 같이 어울려 술을 마실 수는 없는 노릇이고 딱히 할 일도 없다. 살을 찢는 고통조차 반복되면 익숙해지는 것이 사람인데 어찌 된 것이 지루한 일상은 왜 반복될수록 그 지루함이 첩첩이 쌓여만 가는 건지 모르겠다.

그렇게 잠시 무얼 할지 고민하던 천풍은 문득 생각난 것이 있어서 병풍 옆 한쪽 구석에 세워 둔 기다란 무언가를 집어 들었다.

낚싯대였다.

요즘 들어 특히나 더 지루한 참에 며칠 전 소일거리 삼아 생각해 낸 것이 낚시였다. 언젠가 시간 때우기에는 낚시만큼 좋은 게 없다는 마립의 말을 들은 기억이 난 때문이었다.

하지만 막상 낚싯대를 구하고 나니 딱히 흥이 나지 않아서 방 한구석에 처박아 두었었는데 생각난 김에 강태공의 고사처럼 세월이란 놈을 한번 낚아 보자 싶어 방문을 나섰다.

문을 나서니 찬 바람이 옷깃을 파고들었다. 고개를 들어 하늘을 보니 유난히 높아진 그곳에는 잘게 찢어진 구름이 멋스럽게 펼쳐져 있었다.

무림맹에 든 지 넉 달, 시간이 어떻게 간지도 모르게 벌써 가을인 것이다.

현천문을 나온 천풍은 잠시 걸음을 멈췄다.

'어디로 간다……?'

무림맹이 있는 무한은 상업 도시로도 유명했지만 그에 못지않게 낚시꾼들에겐 낚시의 명당으로도 이름이 높았다. 그도 그럴 것이 동호, 한천, 홍호 등 큰 호수와 강을 삼면으로 끼고 있었기 때문이다.

'동호는 너무 번잡할 테고…….'

무림맹에서 가장 가까운 곳은 동호였지만 가장 크고 유명한 곳 또한 동호였다. 항주의 서호와 쌍벽을 이룰 만큼의 명승지이다 보니 언제나 사람들로 붐볐다. 조용히 세월이나 낚아 보자고 시작한 걸음이니 사람 많은 동호는 내키지 않았다. 홍호는 동호에 비하면 한적할 테지만 거리가 너무 멀다. 결국 천풍은 그 중간인 한천으로 방향을 잡았다.

그리해 도착하게 된 한천은 그에 앞서 이미 낚싯대를 드리우고 있는 낚시꾼들이 몇 있었지만 비교적 조용하고 한적했다.

강이라고 하기에는 작고 호수라고 하기에는 긴 물결을 잠시 훑어보던 천풍이 이내 가까운 곳에 자리를 잡고 앉았다. 마립에게 배운 대로 미끼를 달고 최대한 멀리 던져 넣었다.

처음 하는 것이다 보니 그 모든 동작들이 어색했다. 심지어 미끼를 던져 놓고 멀뚱히 기다리는 그 하염없는 눈빛조차도 어설퍼 보였다. 하지만 그런 어색함이나 어설픔과는 달리 천풍은 상당히 빠르게 낚시란 것에 적응하고 있었다.

지루하다면 지루할 수도 있는 그 시간이 그렇게 평온할 수가 없었다. 게다가 풍경은 또 어찌나 멋스러운지, 물속은 가을 하늘을 닮아 깊고 푸르렀고 가을 하늘의 구름처럼 잔잔히 흐르는 물결은 이슬 머금은 단풍잎처럼 한낮의 햇볕을 받아 보석처럼 반짝였다.

시간이 멈춘 듯도 하고 세상이 정지한 듯도 한 순간…… 마치 지금까지 그가 살아온 세계와는 다른 시공간에 있는 것처럼 느껴지기까지 했다.

'지금이라면…….'

어쩌면 지금이라면 가능할지도 모르겠다.

전날 관여락과 마등의 비무가 던져 준 숙제 하나…… 무공과 무공의 조합, 재조립, 그리고 새로운 무공의 창조…… 그동안은 어디서부터 손을 대야 할지 그저 막막하기만 했다. 그래서 생각은 하면서도 선뜻 시도를 해 보지 못했다.

그러나 지금이라면…… 시간이 멈춘 듯, 세상이 정지한 듯 느껴지는 지금 이 순간, 이 공간 속에서라면 뭔가를 잡아낼 수 있을 것도 같았다.

천풍은 그가 알고 있는 무공들을 하나둘 머릿속에 떠올

려 보았다.

광풍낙영칠십이검(狂風落英七十二劍), 번천겁화권(翻天劫火拳), 단혼팔문도(斷魂八門刀), 괴풍창(怪風槍), 관천뇌곤(貫天雷棍)…… 무기의 종류도 가리지 않았고 강(强), 유(柔), 환(幻)의 성향도 따지지 않았다. 그저 순간순간 생각나는 것들을 무작위로 머릿속에 그렸다.

그렇게 떠올려 보자니 자신이 생각하기에도 참 많다. 몸으로 체득한 것만 해도 수백 종에, 머릿속에 담아 둔 것은 수를 헤아릴 수도 없을 지경이다.

박학은 아무것도 모르느니만 못하다고 했던가.

많이 안다는 것이 지금은 방해가 되었다. 너무 많은 무공들이 한데 얽히고설켜 머릿속이 온통 뒤죽박죽이다. 더구나 각기 다른 성질의 것을 하나로 합친다는 것은 생각처럼 간단한 것이 아니었다.

이것저것 섞어 보자니 점차 뭐가 뭔지 모르게 되었다.

실체는 모호해지고 머리는 지끈거린다.

결국 합쳐질 만한 것들을 찾는 것은 포기하고 무작위로 두 가지 무공을 골라서 되든 안 되든 무작정 합쳐 보기로 했다.

무공과 무공이 서로 어울리지 못해 어긋나기도 하고 부딪치기도 한다.

한데 효과가 있다. 그렇게 어긋나고 부딪치는 와중에도

막연하게나마 뭔가가 보이는 것도 같았다.

잡힐 듯 잡힐 듯 손에 잡히지 않는다.

마치 강아지풀로 발바닥을 간질이는 것처럼 닿을 듯 말 듯 그렇게 애를 태워 댄다.

천풍은 보다 집중했다. 그리고 거기에 빠져들어 세상을 잊었다.

그렇게 얼마나 지났을까? 돌연 그런 그의 상념 속으로 갑작스레 잡스러운 목소리 하나가 끼어들었다.

"낚시를 하러 왔으면 낚시나 할 노릇이지 무슨 놈의 생각을 그리도 골똘히 하고 있는 거예요? 언제 어느 때에 흑지가 쳐들어와 피비린내 나는 전쟁을 치르게 될지도 모르는 판국에 강태공처럼 한가하게 세월이나 낚고 계시는 건가요? 정말 팔자 한번 늘어지시네요."

앙칼지면서도 맑고 청아한 목소리였다.

천풍이 그 갑작스러움에 놀라서 급히 뒤를 돌아보니 거기에는 웬 낯선 여인 하나가 서 있었다.

"……?"

천풍이 의아해하자 여인이 마땅찮은 투로 툴툴거렸다.

"사형과 아버님이 입에 침이 마르도록 칭찬을 하길래 난 또 얼마나 대단해졌나 했더니 비리비리하게 생겨 먹은 것 하며 멍청한 얼굴하며, 옛날이랑 하나도 변한 게 없잖아?"

'옛날?

여인의 말에 천풍이 새삼스런 눈으로 여인을 보았다.

'옛날부터 나를 알고 있었다는 말인가?'

그러고 보니 그저 낯설기만 한 것은 아니다.

어딘가 낯이 익다.

저 거만하고 불만에 찬 크고 동그란 눈 하며 심통이 난 듯 부풀린 볼 하며…….

"흥!"

천풍이 가물가물한 기억을 떠올리며 그녀의 위아래를 살피자 불쾌하다는 듯 콧방귀를 뀌고는 고개를 홱 돌려 버리는 여인이다.

그 순간,

"아……!"

기억이 났다.

십 년 전 황산사에서…… 그래, 그때도 저런 눈빛을 했었다. 그때도 냉기 풀풀 날리는 콧방귀를 그를 향해 날렸었다.

'단화영…….'

도진처럼 기억에 깊이 새겨진 것도 아니고, 그날 이후 까마득히 잊어버리고 있었는데도 그 스스로도 신기할 만큼 단화영이란 이름 석 자가 너무도 간단히 생각이 났다.

참으로 많이 변했다. 그때도 참 예뻤지만 한층 성숙미가 더해진 지금은 그야말로 갓 피어난 얼음꽃처럼 차갑고 화사한 느낌이었다.

반가워할 사이도 아니건만 이렇게 다시 보게 되니 괜스레 반갑다. 하지만 그 전에 그녀가 왜 이렇듯 자신을 찾아온 것인지 그것부터가 궁금했다.

"저기…… 제게 무슨 용건이라도……?"

정말로 궁금해서 물은 것뿐이건만 그것이 고깝게 들렸는지 단화영이 다시 한 번 콧방귀를 뀌었다.

"흥!"

그러고는 대뜸 한다는 말이,

"나랑 한판 붙어요!"

느닷없는 도전이다.

"대체 어디를 봐서 일세의 대종사냔 말이에요. 내 눈으로 직접 확인하기 전에는 도무지 못 믿겠으니까 어디 한번 증명을 해 보라고요!"

단화영은 당연한 것을 요구하는 듯 거리낌 없이 말했지만 천풍으로서는 이 모든 상황이 그저 어리둥절할 뿐이다.

단화영과의 재회도 갑작스럽기만 한데 난데없이 한판 붙자는 건 또 뭐란 말인가?

정말이지 이게 다 무슨 영문인가 싶었다.

제2장

천풍, 그 위대한 첫걸음

천풍에겐 단화영이란 이름이 너무도 간단히 떠올랐지만 단화영에게 있어 소천풍이란 이름은 그리 간단히 기억해 낼 수 있는 이름은 아니었다.

십 년을 거슬러 그 이름을 듣게 된 것은 도진에게서였다.

도진이 무림대회에서 우승을 하고 화산으로 금의환향한 지 두 달쯤 지나서였다. 우연히 도진이 수련하는 것을 보았다.

이십사수매화검법을 펼치고 있었다.

도진의 성명절기였다. 한데 그녀가 알고 있는 것과는 어딘가 달랐다. 그래서 물었다.

'그게…… 뭐죠? 이십사수매화검법이 왜…… 왜 그런 거

죠?'

의아해하는 그녀에게 도진이 책자 하나를 건네주었다.

먼저 눈에 들어온 것은 표지에 적힌 이십사수매화검법(二十四手梅花劍法) 여덟 글자였다.

이십사수매화검법이라니? 그녀가 알고 있는 이십사수매화검법의 비급은 이처럼 허술히 만들어진 것이 아니었다. 게다가 이 지독한 악필은 또 뭐란 말인가?

모든 것이 의아하기만 한 상황에서도 단 하나 확실한 것은 이 비급이 필경 화산일룡의 화려한 재기와 깊은 연관이 있을 거라는 거였다.

주저 않고 펼쳤다.

하지만 상당한 시간에 걸쳐서 힘들게 읽어 내려 간 끝에 알게 된 것은 그저 그녀가 알고 있는 이십사수매화검법과는 조금 다르다는 것뿐이었다. 그것이 왜 다른지, 무엇이 그 차이를 만드는 것인지 그것을 알아차릴 눈이 안타깝게도 그녀에겐 없었다.

그녀의 눈에는 엉터리로밖에는 보이지 않았다.

'이게 대체 뭐예요?'

'소천풍 대협께 받은 것이다.'

'소천풍?'

생소한 이름이었다.

'나는 그분께 목숨으로도 다 갚을 수 없는 빚을 졌다.'

'대체 소천풍 대협이 누군데요?'

'황산사를 기억하느냐?'

황산사라면 기억하고 있다.

어찌 잊겠는가? 그 총명하던 도진이 화산의 일룡에서 화산의 토룡으로 변질되기 시작한 것이 바로 황산사 그 빌어먹을 곳을 다녀온 후부터가 아니던가.

'그때 나와 비무를 했던 아이도 기억하느냐?'

물론 기억하고 있다. 그때가 도진이 가장 빛나던 때였으니까.

'한데, 그건 왜……?'

'바로 그 아이가 소천풍 대협이시다.'

'……?'

'그리고 또한 이 비급을 만드신 분도 바로 그분이시고.'

'……?'

'사부님께서는 그분이 준 이 비급이 향후 화산의 백 년을 책임질 거라 하셨다.'

말도 안 된다고 생각했다.

그녀의 기억 속 천풍은 어수룩하고 볼품없는 꼬마 아이일 뿐이었다. 아무리 사별삼일이면 괄목상대라 하지만, 하물며 십 년이면 강산도 변하는 세월이라 하지만 도진의 말을 순순히 받아들이기엔 너무 황당했다.

그 볼품없던 꼬맹이가 화산의 백 년을 책임질 비급을 만들었다니? 어디 말이나 될 법한 일인가 말이다.

화산의 무공이 그리 만만한 것일 리가 없다.

괜스레 자존심이 상했다.

그러던 차에 무림맹에 파견될 명단에 그녀가 포함이 되고, 그녀의 부친이자 화산 장문인 단학영으로부터 혹여 천풍을 만나거든 예를 잃지 말라는 당부까지 들었다.

천풍에 대한 불신과 반발감은 그로 인해 더 커졌다. 하지만 그런 한편으로 천풍에 대한 호기심이 커져 가는 것 또한 부정할 수 없는 사실이었다.

그리해 무림맹에 당도하고 보니 아니나 다를까 들리는 소문이란 게 죄다 한심한 것들뿐이었다. 도진으로부터 시대의 대영웅이란 말까지 들었건만 정작 무림맹에서의 위치는 허드렛일이나 하는 잡일꾼에 지나지 않았던 것이다.

'그러면 그렇지…… 내 이럴 줄 알았다니까.'

역시 도진과 부친이 뭔가 잘못 알고 있었다.

그 옛날의 볼품없던 꼬마 아이는 십 년이 지나서도 볼품없기는 마찬가지였다.

한데 자신의 예상이 들어맞았건만 가슴 한편에 스멀거리는 실망감은 대체 무슨 연유일까?

그런 하잘것없는 작자에겐 아예 신경을 끊어 버리려고도 했지만 그러면 그럴수록 무슨 영문인지 이상하게 자꾸만 더 신경이 쓰였다.

급기야 참다못해 천풍을 찾아 나섰다. 그 눈으로 직접 천풍의 모자람을 확인해서 찝찝하고 불쾌한 감정들을 말끔히 털어 버리자는 심산이었다.

그리해 현천문이 머물고 있다는 도원부로 향했다. 한데 굳이 천풍을 찾을 것도 없이 때마침 천풍이 도원부를 나서고 있었다.

터덜터덜.

어디 산보라도 나온 듯한 걸음새였다.

호기심이 일어 몰래 뒤를 밟아 보니 한천이다.

'뭐야? 고작 낚시나 하러 온 거야?'

어처구니없었다.

비록 소강상태에 접어들었다고 해도 지금은 어디까지나 전시 상황이었다. 한순간도 방심해서는 안 되는 것이 작금의 살얼음판 같은 현실이었다.

아무리 그런 것들과는 상관없이 허드렛일이나 하는 처지라지만 태평해도 너무 태평한 것이 아닌가.

갈수록 실망이다.

혹여나 하는 마음으로 그의 뒤를 밟은 자신마저 한심하게 느껴질 지경이었다. 그래서 일말의 미련마저도 접고 몸을 돌리려는데 문득 지금의 상황과는 어울리지 않는 것이 그녀의 시야에 들어왔다.

'……?'

낚싯대가 흔들리고 있었다.

바람 때문도 아니었고 물살 때문도 아니었다.

물고기가 낚였다. 그것도 낚싯대를 흔들어 대는 힘이 상당했다. 대단한 월척임이 분명했다.

한데 어찌된 일인지 정작 천풍은 꼼짝도 하지 않았다. 어딘가로 망연한 시선을 던져 놓은 채 낚싯대에는 눈길 한 번 주지 않는다.

결국 월척은 한차례 격렬한 몸부림 끝에 간신히 생사의 고비를 넘기고 유유히 도망쳐 버렸다.

비단 그 한 번만이 아니었다. 어느 정신 나간 물고기 하나가 미끼도 없는 바늘에 걸려 바동거리기도 했지만 그마저도 끝끝내 달아나 버리고 말았다.

괜스레 그녀가 더 아쉬웠다.

답답하기도 했다.

그런 한편으로 천풍의 일에 일희일비하고 있는 스스로가 너무 바보 같다는 생각에 짜증이 나기도 했다.

'낚시를 하러 왔으면 낚시나 할 것이지 무슨 생각을 저리도 골똘히 하고 있는 거야?'

정말 무슨 생각을 하고 있는 것일까?

뭔가 혼자 잔뜩 심각해져 있는데 도무지 그 속을 알 수가 없다.

외면하고 돌아서자니 마음에 걸리고 그렇다고 지켜보고

만 있자니 답답해서 못 참겠다. 결국 참다못해 말을 걸었다. 한데 어딘가 어수룩하고 멍한 눈빛을 보니 왠지 또 배알이 뒤틀리고 심통이 났다.

'대체 어디가 일세의 대종사고 뭐가 화산의 백 년이라는 거야?'

울컥 화가 치밀어 그 순간 자신도 모르게 내뱉은 말이 '나랑 한판 붙어요!' 였다.

"나랑 한판 붙어요!"

그녀에게도 그 말이 갑작스러운 것이었으니 천풍에게야 오죽할까.

그러잖아도 그녀의 등장 자체가 난데없는 터에 다짜고짜 한판 붙자고 하니 어이없고 엉뚱한 거야 당연했다.

한데, 그러면서도 왠지 익숙하고 정겹다.

'추 소저도 그랬지.'

단화영의 모습에서 추도향이 떠오른 때문이었다.

추도향과의 첫 만남 때도 그랬다. 그때도 난데없이 나타나서는 앞을 가로막으며 다짜고짜 칼을 뽑아 들었었다.

'무림의 여협들은 어찌 하나같이 이다지도 호전적인 것인지…….'

"혹시 제가 소저께 무슨 실례되는 짓이라도 했습니까?"

"흥! 당신 자체가 이미 나한테는 실례예요."

막무가내인 것도 추도향과 별반 다르지 않다.

물론 그때도 그렇고 지금도 그렇고 여인네와 칼부림할 생각은 전혀 없다. 도대체가 십 년 만의 만남이면 정다운 인사가 먼저여야 하지 않는가 말이다.

잠시 곤란한 표정이던 천풍이 주섬주섬 낚싯대를 챙겨 들었다.

"지금 뭐 하는 거죠?"

천풍의 행동에 단화영이 상큼 미간을 찌푸렸다.

"제 존재 자체가 실례라 하시니 피해 드리려고요."

"뭐라고요?"

단화영의 목소리가 앙칼졌다.

그러거나 말거나 낚싯대를 챙겨 든 천풍은 지체하지 않고 걸음을 돌렸다. 하지만 채 두 발짝도 떼지 못했다. 그 전에 단화영이 그의 앞을 막아선 때문이다.

"지금 저를 무시하는 건가요?"

상큼 치켜 올라간 눈썹은 노여움을 감추지 못해 파르르 떨렸고 앙칼진 목소리는 날카롭게 갈려졌다.

그런 그녀를 보는 천풍의 눈에도 살짝 짜증이 묻어났다.

추도향을 연상시키는 모습이 순간 정겹기도 했지만 그것은 어디까지나 아주 잠깐의 감정일 뿐 단화영이라는 여인을 향한 호감은 아니었다.

사실 십 년 전을 추억하기에 그날의 일은 그렇게 좋은 기억이 아니었다. 첫 패배의 쓰라림도 쓰라림이지만 그날 도진의 승리에 환호하던 그녀의 모습이 불편하고 불쾌한 기억으로 고스란히 뇌리에 박혀 있었다. 마찬가지로 지금의 무례한 행동 또한 그리 유쾌하지 않았다. 그리고 무엇보다 지금 천풍에겐 그녀를 상대해 줄 만큼의 마음의 여유가 없었다.

방해다.

그녀는 천풍이 놓친 두 마리의 물고기를 아까워했지만, 그때 천풍은 그 두 마리의 물고기와는 비교도 안 될 정도의 큰 대어를 낚고 있었다.

무공과 무공의 조합, 재조립, 새로운 무공의 창조…… 두 가지 무공을 하나로 합친다는 것은 역시 쉽지가 않았다. 비록 허점을 지우기는 했지만 그 조잡함과 얕음까지 지워진 것은 아니었고 그리해 서로를 포용하고 결합하기에는 그릇이 너무나 작았다.

장점이 단점을 보완하거나 단점이 장점을 부각시키는 상호 보완의 관계가 되기는커녕 단점은 단점대로 부딪쳐서 더 큰 단점을 만들고 또한 장점은 장점대로 어긋난 톱니바퀴처럼 서로를 갉아 대기 바쁘다.

도무지 해답을 찾을 수 없던 그때 섬전처럼 뇌리를 스쳐가는 생각 하나가 있었다.

'둘로 안 된다면 셋이면 어떨까?'

둘을 합치는 것도 안 되는데 셋이면 오죽할까마는 오히려 중간에 하나가 들어가면 적어도 단점과 단점이, 장점과 장점이 정면으로 충돌하는 것만은 막을 수 있지 않을까 하는 생각이 들었다. 일종의 완충제 역할을 하게 되지 않을까 하는 기대였는데 막상 해 보니 이건 생각했던 것 이상이었다.

완충제 역할은 물론이거니와 자연스레 다른 둘과 어우러지자 어긋나 있던 톱니바퀴마저도 제대로 맞아 돌아가기 시작하는 것이 아닌가.

순간, 터럭처럼 작고 희미하던 것이 보다 선명해지고 보다 거대해지기 시작했다.

셋이 된다면 넷인들 안 되겠는가?

넷이 된다면 열인들, 백인들, 천인들 안 되겠는가?

몸으로 익히고 있는 것만 수백 종에, 머리에 담은 것은 수천 종이다. 그 모두를 하나의 무공 안에 담는다면 과연 어떤 것이 만들어질까?

생각만으로도 심장이 쿵쾅거렸다.

전율처럼 온몸에 소름이 돋았다.

화산파의 이십사수매화검법을 보며 처음으로 자신이 가진 것의 부족함을 절실히 깨달았었다. 그 안에 깃든 겹겹이 쌓인 깊고 큰 깨달음에 비한다면 자신이 익힌 것은 감히 무공이라 할 수도 없는 것들이었다. 심지어 결의 무예란 것조차도 무공이라 할 수 없는 것이었다. 그것은 단지 재능이지 무공이 아니었다.

무공다운 무공에의 갈망…… 무당파를 찾아갔던 것도 그 때문이지 않았던가.

'내가 알고 있는 모든 무공을 하나의 무공으로 묶는다면?'

비록 겹겹이 쌓인 깊고 큰 깨달음에 비할 바는 아니지만, 삼류 무공 하나하나에 담긴 것은 깨달음이라고 할 수도 없을 만큼 조잡하고 얕디얕은 것이지만 그것이 수백 개라면? 수천 개가 모인다면?

두께를 잴 수도 없을 만큼 얇은 백지도 천 장 이천 장을 모으면 두꺼운 책이 되듯이 삼류 무공 또한 어쩌면 무공다운 무공이 될 수도 있지 않을까?

'그렇게만 된다면…….'

그렇게만 된다면 더 이상 결에 의지하지 않아도 될지 모른다. 결에 의지하지 않고도 능히 무림에서 살아갈 수 있을지도 모른다.

'그렇게만 된다면…….'

더는 사람의 생명이 하찮게 느껴지지 않을 것이다. 사람을 죽임에 무감각해지지도 않을 것이다. 악귀가 되는 일도 없을 것이다.

희망이라 하기에는 너무 선명하고 꿈이라고 하기에는 너

무 가깝다.

그것은 나아가야 할 길이었고 움켜잡아야 할 목표였다.

그리해 절실함으로 거기에 매달리려 했다. 단화영의 앙칼진 목소리가 귀를 파고든 것이 바로 그때였다.

그러니 단화영에 대한 마음이 흔쾌할 리가 없다.

방해를 받은 것에 대한 짜증도 짜증이지만 그녀를 상대해 주기에는 마음이 너무 조급했다. 한시라도 빨리 조용한 곳을 찾아, 나아가야 할 길이자 움켜잡아야 할 목표에 매진하고 싶었다.

그런 천풍의 절박한 심정도 모른 채 그저 자신의 감정만 내세우며 길을 막고 있다.

천풍은 앞을 막아선 단화영을 상대하지 않으려 걸음을 틀었다.

그렇게 그녀를 비켜서 지나쳐 가는데 돌연,

스릉.

섬뜩한 쇳소리가 들리는가 싶더니,

좌아아악—

날카로운 파공음에 이어 서늘한 한기가 옆구리를 파고든다.

"헛!"

그 바람에 다급성을 토하며 급히 걸음을 물리는 천풍이다. 그도 그럴 것이 너무 급작스러운 상황인 데다 단화영의 공격이 놀랍도록 빠르고 치명적이었던 것이다.

천풍이 증폭된 짜증과 불쾌감을 드러내며 단화영을 보았다.

"이게 지금 뭐 하시는……."

"그러니까 사람을 왜 무시하냐구요! 한판 붙자니까요!"

고작 그깟 이유로 살수를 뿌린 것 치고는 너무도 당당하다.

어이없다. 너무 어이가 없어서 화도 안 날 지경이었다.

원래부터 성정이 이렇게 막무가내였던 것일까, 아니면 지난 십 년 사이 그렇게 변해 버린 것일까?

천풍은 이 막무가내 처자를 어찌할지 잠시 고민했다.

태도로 보아하니 피한다고 피할 수 있을 것 같지가 않았다. 그녀가 원하는 것을 이루기 전에는 절대로 물러서지 않을 것 같은 고집이 사나운 눈매에서 고스란히 느껴졌다. 그렇다고 무시해 버리자니 그녀의 검이 지나치게 매섭고 날카로웠다.

내심 많이 놀랐다.

성정은 막무가내일지 모르지만 그녀의 검만큼은 이미 상당한 경지에 올라 있었다. 아무런 방비가 없었다고는 하나 그래도 그의 등허리를 서늘하게 할 수 있는 후기지수가 과연 몇이나 되겠는가 말이다.

피할 수도 없고 무시할 수도 없다.

그녀가 목에 걸린 가시처럼 앞으로 계속해서 성가시게 군다면 그것도 정말이지 피곤할 노릇이다.

"후우……."

생각이 거기에까지 미치자 절로 한숨이 나왔다.

그것은 체념의 한숨이기도 하고 승낙의 한숨이기도 했다.

"좋습니다. 소저께서 왜 제게 이런 요구를 하시는지는 모르겠지만 그래야 만족하시겠다면 그렇게 해 드리도록 하죠."

그리해 황혼이 서서히 물들어 가는 해질녘 황혼의 결투가 그 막을 올렸다.

* * *

'흥! 일세의 대종사는 무슨! 아버님과 도진 사형에게 어떻게 눈속임을 했는지는 모르겠지만 나한테는 어림없어!'

그래, 이유는 모르지만 지금 화산은 분명 이 사내에게 속고 있는 것이다. 하나, 자신만은 속지 않는다.

'오늘 기필코 이 사내의 실체를 낱낱이 파헤쳐 버리고 말 거야.'

그리해 이 사내가 얼마나 보잘것없는 작자인지, 그들이 보고 있는 허상이 얼마나 가소롭고 부질없는 것인지 반드시 증명해 보이고 말 것이다.

'도대체가 저 어수룩하고 멍청한 얼굴 어디에 그런 대단한 면모가 숨겨져 있다는 말이냐고!'

물론 그렇다고 방심을 하지는 않는다.

그녀의 눈에는 여전히 그 옛날의 촌구석 약골 소년으로밖에는 보이지 않았지만 단학영과 도진이 일세의 대종사라고까지 하는 인물이었다. 그것이 비록 눈속임에 지나지 않는 것이라 할지라도 적어도 눈속임을 할 정도의 뭔가는 가지고 있다는 뜻이 아니겠는가.

그렇게 마음을 단단히 하고 검을 뽑아 들었다.

한데 참으로 한결같이 눈에 거슬리게 구는 사내다.

'대체 어디다가 한눈을 파는 거야?'

비무를 앞둔 채 그녀와 고작 열 걸음을 두고 마주해 있건만 정작 그 눈은 그녀를 보고 있지 않았다. 그렇다고 딱히 다른 것을 보고 있는 것도 아니다. 지금의 상황과는 어울리지 않게 뭔가 혼자만의 생각에 골몰해 있었다.

비단 지금만 그런 것이 아니었다. 그녀의 도전에 응한 그 순간부터, 아니, 한천에 낚싯대를 드리우고는 같잖지도 않게 강태공 흉내를 내고 있을 때도 바로 저 같은 눈빛이었다.

'나를 끝까지 무시한다 이거지?'

아예 그녀 같은 건 안중에도 없다는 듯한 천풍의 태도가 단화영을 발끈하게 한다.

'좋아. 대체 언제까지 그렇게 거만하게 굴 수 있나 두고 보자고.'

심지어 살심마저 검에 담았다.

물론 천풍은 그녀를 무시하고 있는 것도, 거만하게 구는 것도 아니었다. 그저 보이는 그대로 잠시 다른 생각을 하고 있는 것뿐이다. 그것이 본의 아니게 조금 길어지고 조금 깊어졌을 뿐이다.

그녀의 도전에 응한 직후 든 생각 때문이었다.

그녀의 억지 고집에 막혀 어쩔 수 없이 도전에 응한 것이기는 했지만 막상 하기로 하고 보니 이왕 이렇게 된 것 조금 전 머릿속으로 그렸던 그림들이 과연 실제로 가능하긴 한 건지, 그녀를 상대로 이참에 한번 확인해 보는 것도 나쁘진 않을 것 같았다. 뭐니 뭐니 해도 가장 큰 공부가 되는 것은 실전이니 말이다.

그리해 급히 머릿속 그림들을 정리하고 맞춰 나가기 시작했다.

먼저 세 개의 무공을 조합했다. 이미 한 번 시도를 했던 것이었고 기대 이상의 성과도 있었던 만큼 금세 하나로 섞였다. 거기에 다시 하나를 더했다.

생각처럼 잘되지는 않았다. 세 가지의 무공을 하나로 조합하는 것은 비교적 쉬웠는데 거기에 하나를 더하는 것만으로도 상당히 복잡한 구조가 되어 버렸다.

'풍뢰팔검(風雷八劍), 팔괘추혼권(八卦追魂拳)이 문제로군. 성질이 비슷해서 잘 섞일 줄 알았더니 오히려 비슷해서 더 부딪치니…… 음…… 가만, 그 사이에 백학선법(白鶴扇法)의 만하석조(晩霞夕照)를 끼우면 괜찮아질 것도 같은데…….'

그렇게 다시 하나를 더하고 또 하나를 더했다.

하나씩 더해질수록 그만큼 더 복잡해지고 더 어려워졌다. 그러다 보니 점점 더 거기에 매달리게 되어 어느 순간부터는 단화영의 존재도, 자신이 비무를 앞두고 있다는 것도, 지금 여기가 어디라는 것마저도 잊어버렸다.

그렇게 다섯 가지의 무공을 모두 스물여덟 개의 초식으로 조합하는 데 성공했을 때였다.

뭔가 모기 소리 같기도 하고 파리 소리 같기도 한 것이 귓가에서 웡웡거렸다. 하지만 워낙에 집중을 하고 있던 터라 그냥 흘려 넘겼다. 한데 그러고 있자니 다시 뭔가 모를 소리가 귓가를 간질였다. 순간 호기심이 일기도 했지만 그 호기심마저도 귀찮기만 해서 이번에도 무시해 버렸다.

그러나 세 번째는 그럴 수 없었다.

모기 소리도 아니었고 파리 소리도 아니었다.

"지.금. 뭐. 하.시.는. 거.냐.고. 묻.고. 있.자.나.요!"

아주 고막을 쩌렁쩌렁 울려 댄다. 더구나 힘주어 내뱉는 한 자 한 자에는 살기마저도 듬뿍 담겨 있어 제아무리 세상 모른 채 집중을 하고 있던 천풍이라도 그것마저 무시해 버릴 수는 없었다.

반사적으로 놀란 눈을 단화영에게 던지던 천풍이 그제야 '아!' 하는 감탄사와 함께 현실로 돌아왔다.

그 모습이 그저 어처구니가 없는 단화영이다.

당연히 인내는 바닥을 쳤다. 그 눈에는 독기가 담기고 살심은 더욱 진득해졌다.

"준비…… 되셨겠죠?"

"아니…… 저기……."

천풍은 아직 준비가 되지 않았다고 말하려고 했다. 사실 준비가 되지 않았다. 다섯 개의 무공을 하나로 조합을 하기는 했지만 그건 어디까지나 조합이라는 가장 큰 명제만 해결한 것일 뿐이다.

과연 이것이 얼마만큼의 효과가 있을지는 완전히 미지수였다. 공수의 조화가 과연 제대로 이루어질지도 확신할 수 없었고, 제대로 된 위력을 발휘하기 위해서는 그것을 어떻게 실전에 적용시켜야 하는지도 막막했다. 아니, 다섯을 합친 이 무공이 하나일 때보다 과연 나아지긴 한 건지, 그것마저 자신이 서지 않았다.

적어도 스물여덟 개의 초식을 비무 전에 단 한 번만이라도 몸으로 시전해 보고 싶은 마음이 굴뚝같았다. 하지만 단화영의 서슬 퍼런 눈빛을 보자니 차마 입이 떨어지지 않았다. 조금 더 시간을 달라고 했다가는 당장에 아주 씹어 먹으려 들 것 같은 살벌한 분위기를 연출하고 있었다.

'이거 자칫하면 아주 제대로 망신을 당할지도 모르겠는데…….'

순간 불확실한 것에 대한 미련은 버리고 그냥 지금껏 해왔던 대로 안전하게 결의 무예로 상대를 할까 하는 생각도 들었다. 그러나 이내 마음을 돌려먹었다.

더는 결의 무예에 의지하고 싶지 않았다. 조금 힘들다고, 혹은 조금 불리하다고 결의 무예에 손을 대면 전장에서의 자신은 결국 악귀가 되어 버릴 것이다.

아니, 무엇보다 결과에 대한 불안을 뒷전으로 미뤄 버릴 만큼 호기심과 궁금증이 강했다. 과연 무공과 무공의 조합으로 탄생된 그것이 과연 어떤 모습으로 발현이 될지, 과연 그것이 무공으로서의 가치가 있는 것인지, 가치가 있다면 그 가치나 가능성이 얼마만큼이나 되는지 정말로 궁금했다.

이왕지사 이렇게 된 것 망신을 당하든 어찌 됐든 한번 해보자 싶었다.

'여인을 상대로 승부욕을 불태우는 것도 사내대장부로서 꼴사나운 일이기도 하니까.'

그리해 단화영의 날 선 질문에 고개를 끄덕였다.

"준비되었습니다."

하지만 오히려 단화영이 마뜩찮아 했다.

"검도 없으면서 무슨 준비가 되었다는 거죠? 설마하니 적수공권으로 내 검을 상대하겠다 이건가요?"

그녀는 천풍의 무공을 검으로 단정 짓고 있었다. 그도 그럴 것이 화산의 백 년을 책임질 거라 했던 무공이 바로 이십사수매화검법이었기 때문이다. 검의 고수가 자신을 상대함에 있어 검도 들지 않고 있다.

"제가 그렇게 만만한가요?"

단화영이 그렇게 생각하는 것도 무리가 아니었다.

물론 만만해서가 아니다. 애초부터 그는 검을 성명절기로 하는 검객도 아닐뿐더러 하나로 합친 다섯 개의 무공도 워낙에 제각각의 것이어서 딱히 무기를 가릴 필요가 없었을 뿐이다.

하지만 달리 생각해 보니 적수공권으로 그녀를 상대하기에는 무리가 있었다. 아무래도 불안하고 불확실한 무공이다 보니 길이의 이점이라도 절실한 상황이었다. 게다가 혹여 생각지 않게 기대 이상의 효력을 발휘해 준다고 해도, 맨주먹으로 여인을 제압하는 것도 별로 모양새가 좋지 않다는 생각도 들었다.

'이럴 줄 알았으면 묵필이라도 들고 오는 건데…….'

이 같은 상황에서는 아주 유용했을 테지만 결의 무예를

깨닫고부터는 좀처럼 쓸 일이 없어 어딘가에 처박아 두고는 아예 잊고 지냈다. 어디에 처박아 뒀는지도 잘 기억이 나지 않았다.

천풍은 잠시 생각한 끝에 낚싯대를 부러뜨렸다. 그리고 길이가 딱 묵필 정도 되는 부위만은 남기고 멀찍이 던져 버렸다.

"설마 그걸로 검을 대신하겠다는 건가요?"

"이거면 될 것 같습니다."

별다른 의미를 두지 않고 한 대꾸지만 받아들이는 단화영은 그렇지가 않았다.

'고작 저런 나무 작대기 하나로 내 검을 받아 내겠다고?'

자존심이 상했다.

설혹 도진이나 부친 단학영의 말대로 이 눈앞의 보잘것없는 사내가 정말로 대단한 인물이라고 해도 자신을 앞에 두고 이토록 거만을 떨 수는 없는 법이었다.

'좋아! 화산일검향(華山一劍香)이라는 이름이 결코 가벼운 것이 아님을 오늘 이 자리에서 뼛속 깊이 새겨 넣어 주지!'

단화영의 눈빛은 분노로 활활 타오르다 못해 이글이글 들끓었다.

그러나 천풍은 그마저도 눈치를 채지 못했다. 지금 그의 머릿속은 급조해 만든 무공을 어떻게 사용해야 할지에 대한 생각으로 가득 차서 단화영의 마음을 살필 만한 여력이 없었다.

그만큼 천풍 나름으로는 필사적인 상태였지만 단화영에겐 그마저도 자신을 무시하는 것으로밖에 보이지 않았다.

더 참지도 않았고 더 기다리지도 않았다.

"좋아요! 준비가 되셨다고 하니 그 고절한 실력을 한번 견식해 보도록 하죠!"

그렇게 한마디를 내뱉고는 기수식도 없이 천풍에게로 곧장 검을 날렸다.

"검화난분(劍花亂紛)!"

그 순간 그녀의 검이 펼치는 것은 화산의 독문절예 중에서도 사납기로는 단연 으뜸이라는 백팔식광풍쾌검(百八式狂風快劍)이었다.

이름 그대로 광풍처럼 몰아쳐 오는 단화영의 검을 보며 천풍은 찰나간 갈등을 했다.

일상처럼 결이 보인다.

맺음의 결도, 틈새의 결도 뚜렷하다.

습관처럼 결로 손이 가려고도 한다.

맺음의 결이 아닌 틈새의 결을 이용해 단화영의 백팔식광풍쾌검을 제압한다면 살생 없이 지금의 곤란을 벗어날 수 있을 것이다.

그러나 그럴 수 없다.

수많은 결들 중에 눈길이 가는 것은 결국 맺음의 결이다.

묘한 이끌림으로 그를 자극하는 것도, 그리해 자꾸만 그를 유혹하는 것도 맺음의 결이다.

역시 안 된다.

자칫 방심하다가는 막아 둔 이성의 벽이 언제 어떻게 허물어질지 모른다. 틈새의 결이든 맺음의 결이든 지금으로서는 철저히 외면하는 수밖에 없다.

그러나 정작 그녀를 상대하고자 준비한 무공은 머릿속에서만 맴돌 뿐 막상 펼치려니 선뜻 몸이 움직이지 않았다. 익숙하지 않은 것도 익숙하지 않은 거지만 확신이 없는 탓에 어쩔 수 없는 망설임이 있었다. 그 망설임이 자꾸만 때를 놓치게 하고 뒷걸음질을 치게 했다.

손이 나가지 않는다. 그저 피하고 물러나기에 여념이 없다. 반격은커녕 거침없이 휘몰아쳐 오는 단화영의 검을 막는 것조차 선불리 못 하고 있다.

그 같은 양상이 좀처럼 끝날 기미가 보이지 않자 단화영이 앙칼진 목소리로 표독스레 외쳤다.

"대체 언제까지 도망만 다닐 거야!"

그만큼 그녀의 검은 더 사나워졌다.

하나, 답답하기로 따지면야 어디 천풍만 하겠는가.

갈수록 매서운 검기를 더하는 단화영의 검이다.

막상 그녀의 검을 받아 보니 생각했던 것보다 더 날카로웠다. 이대로 피하고 도망만 다니다가는 결국 그녀의 검날에 어디 한 군데는 잘려 나가지 싶었다.

언제까지고 이렇게 도망만 다닐 수는 없는 일이다. 더구나 그녀의 도전을 승낙한 이유가 그녀의 강요 때문만은 아니지 않은가.

단화영의 도전을 받아들인 가장 큰 이유는 어디까지나 무공과 무공의 조합과 재조립이라는 그 명제를, 그 가능성을 확인해 보려는 것이었다.

망설이고 회피해서는 아무것도 얻을 수 없다.

되든 안 되든 해 보는 수밖에 없다.

천풍은 각오를 다시 했다. 그리고 낚싯대를 고쳐 잡고 몰아쳐 오는 검광 속으로 스물여덟 개의 초식 중 그 첫 번째를 밀어 넣었다.

한데, 그 순간이었다. 단화영이 만들어 내는 살벌한 검광 속으로 낚싯대를 밀어 넣는 그 순간, 그의 안에서 돌연 신선한 바람 같은 것이 불었다.

"아……!"

신선함인지 시원함인지, 그도 아니면 짜릿함인지…… 딱히 정의 내릴 수 없는 뭔가 이상한 감각이 발뒤꿈치에서부터 시작해 등허리를 훑고 정수리의 백회혈까지 타고 오르더니 그것은 이내 팔을 타고 내려가 낚싯대에 닿았다. 그리고 그 순간, 그의 낚싯대가 너무도 간단히 단화영이 만들어 내는 검막을 뚫었다.

이윽고 찾아온 적막.

"아……!"

단화영의 짤막한 탄성이 그렇게 무한처럼 느껴지던 적막을 깨트렸다.

그녀가 미처 인식하지도 못하는 사이 그녀의 가늘고 긴 목에 어느새 천풍의 낚싯대가 닿아 있었던 것이다. 하지만 단화영의 눈은 낚싯대를 보고 있지 않았다.

그녀는 오직 천풍만을 보고 있었다. 그리고 그 눈에 담긴 것도 놀람도 충격도 패배감도 아니었다.

의문이었다.

"뭐…… 죠?"

의문으로 가득 차 있는 그 눈빛에 비해 그녀의 입에서 흘러나온 질문은 무의미하다 싶을 만큼 허술한 것이었다.

그도 그럴 것이 뭔가 의문은 가득한데 정작 자신이 무엇을 궁금해하고 있는지조차 알 수 없었기 때문이다.

천풍의 한 수가 대체 뭐였던 건지, 그 낚싯대가 어째서 지금 자신의 목에 닿아 있는 건지, 그사이 대체 무슨 일이 벌어진 건지, 그래서 어떤 것을 질문해야 맞는 질문인 건지 온통 이해할 수 없고 모르겠는 것투성이다.

그러나 설혹 그녀가 지금의 상황에 맞는 질문을 찾아냈다고 하더라도 원하는 답을 들을 수는 없었을 것이다.

이해할 수 없고 모르겠는 것투성인 것은 천풍도 별반 다르지 않았다.

단화영이 천풍의 얼굴만을 보고 있는 것처럼 천풍은 단화영의 목에 닿아 있는 자신의 낚싯대만을 멍한 눈으로 보고 있었다. 그리고 그녀가 가진 것과 같은 의문으로 혼란스러워하고 있었다.

어째서 자신의 낚싯대가 단화영의 목에 닿아 있는 것일까?

그렇다고 지금까지처럼 결이나 허를 노린 것도 아니었다. 거기에는 아무런 목적도 의도도 없었다. 그는 정말이지 단지 초식을 시전했을 뿐이다.

한데 뚫린 것이다. 촘촘하기가 그물과도 같고 단단하기가 철벽과도 같던 단화영의 검막이 허무하다 싶을 만큼 간단히 뚫렸다.

유유히…… 마치 자신의 낚싯대가 단화영의 허점을 파고든 것이 아니라 단화영이 스스로 허를 열어 그녀의 목으로 인도하는 듯한 느낌이었다.

정말이지 대체 어찌 된 영문인지를 모르겠다. 게다가 온몸을 타고 흐르는 그 강렬함은 대체 뭐였단 말인가?

'어쩌면…….'

어쩌면 백지장을 한 장 한 장 쌓는 것과는 다른 것일지도 모른다.

어쩌면 하나 더하기 하나는 둘이 아닐지도 모른다.

무공과 무공을 합친다는 것…… 어쩌면 그가 감히 상상치도 못할 가능성이 그 속에 있을지도 모른다.

고작 다섯 개의 무공이었다.

고작 다섯 개로 이처럼 놀랍고 신비하기까지 한 경험을 하게 되었는데 그것이 열이라면? 백이라면? 천이라면?

만일 그가 알고 있는 모든 무공을 하나로 통합할 수 있다면 과연 그 끝에는 무엇이 있을까?

생각이 거기에까지 이르자 심장이 터질 듯이 쿵쾅거렸다.

맺음의 결을 처음으로 보았을 때보다 더 큰 흥분이 지금 천풍의 가슴속에서 폭풍이 되어 휘몰아치고 있었다.

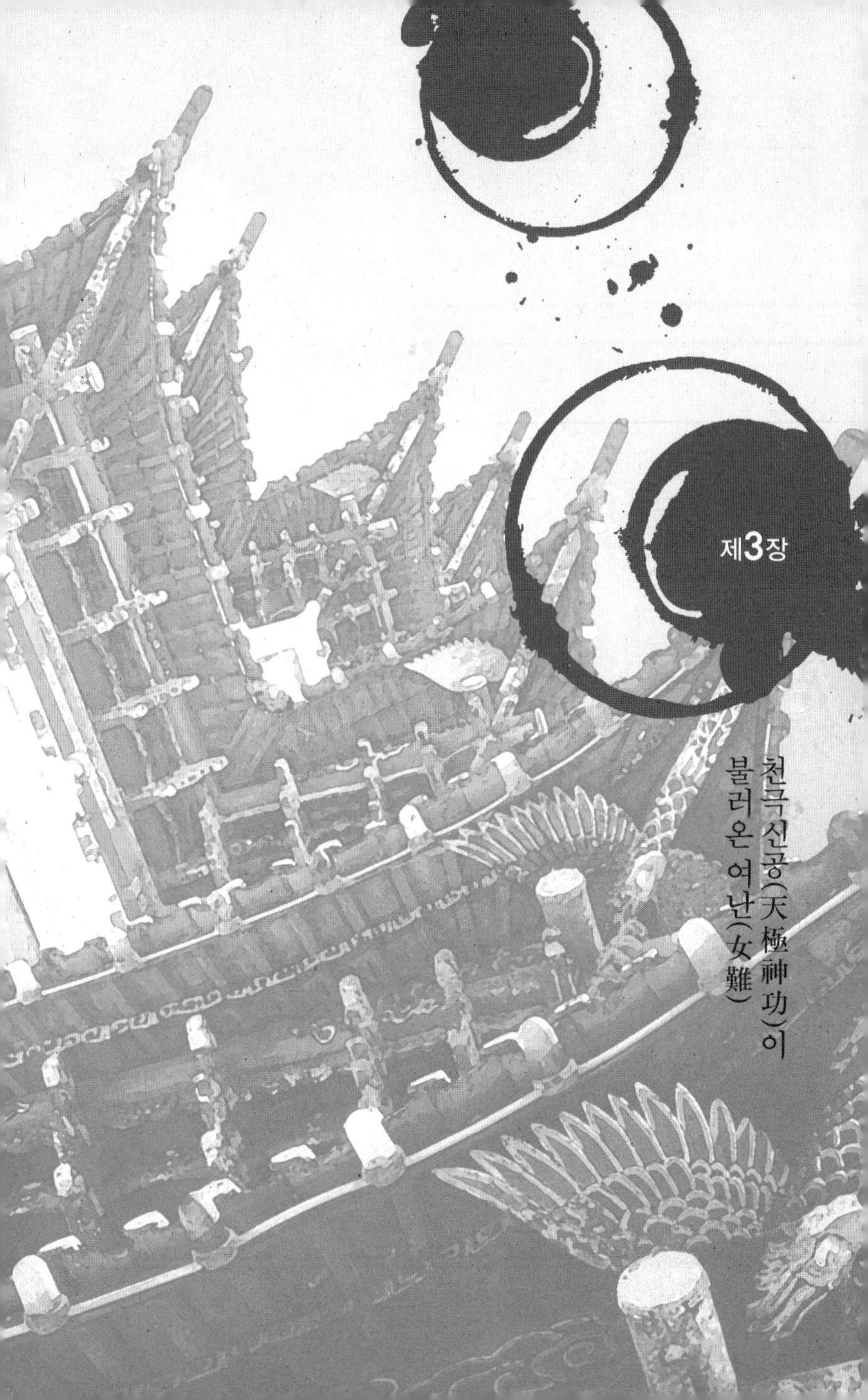

제3장

천극신공(天極神功)이 불러온 여난(女難)

천극의 서

'대체 뭐였던 거야?'

단화영은 한천에서의 비무가 있은 후 꼬박 한나절 동안이나 같은 의문만을 되풀이하고 있었다.

아무리 생각해도 도무지 답이 나오지 않는다. 천풍을 붙들고 물어도 봤지만 속 시원한 대답은커녕 오히려 그녀보다도 더 귀신에 홀린 듯한 얼굴을 하고는 어딘가로 쌩하니 떠나가 버렸다. 그러니 궁금증만 더할 뿐이다.

뭐가 뭔지는 도통 모르겠지만 굳이 그때를 다시 떠올려 보자면, 뭐랄까…… 힘이나 기예가 아니라 마음이 꺾이는 느낌이었다.

그랬다.

그 한 수에 마음이 꺾였다.

실로 터무니없는 일이지만 화산의 일검향이 단 한 수에 마음이 꺾인 것이다.

생전 처음이었다.

자라 온 환경이 그렇다 보니 무림의 최고위 고수들이야 살아오면서 숱하게 만나 본 그녀였다. 그녀의 부친인 단학영은 물론이거니와 화산의 장로들만 하더라도 능히 무림 최고라 일컫기에 부족함이 없었다.

게다가 어린 날 만났던 금천우는 또 어떤가. 당금 무림에서 천하제일을 논할 때면 그 이름이 항시 가장 앞자리에 놓이는 인물이었다. 그런 금천우에게서조차 지금처럼 마음이 꺾이지는 않았었다.

천풍이라는 사내는 당연히 그 존재만으로 만천하를 아우르는 패천일검 금천우에 비할 자가 아니다.

세상을 오시하는 위엄도, 상대를 압도할 만한 위엄도 없었다.

그런데도 마음이 꺾였다.

단순하고, 그러면서도 왠지 잡다해 보이던 그 한 수에.

'화산의 백 년…….'

향후 화산의 백 년을 책임질 거라던 이십사수매화검법이 바로 이런 것이었을까?

형(形)은 달랐지만 그 속의 뜻은 같은 것일까?

'아냐!'

다르다.

화산의 백 년이라는 그 이십사수매화검법과는 확연히 달랐다.

적어도 도진의 손에서 펼쳐지던 화산의 백 년은 그 앞에서 검을 맞댈 의지정도는 남겨 뒀었다. 참담함조차 느끼지 못할 만큼 그녀를 체념케 하지는 못했다.

그녀의 검막을 갈기갈기 찢어발긴 그 한 수는 분명 화산의 백 년, 그 이상의 것이었다.

생각이 거기까지 정리가 되자 그녀의 머릿속은 단순명료해졌다.

'배워야 돼.'

정확히 그게 뭔지는 모르지만 배워야 한다.

지금껏 화산의 제자로서 화산을 위해 아무런 업적도 쌓은 것이 없다. 만일 그것만 얻어 낼 수 있다면 화산에 지대한 공을 세울 수가 있다.

이십사수매화검법이 화산의 백 년이라면 이것은 능히 화산의 천 년을 논할 수 있을 것이다.

'그래, 화산의 천년지대계를 위해!'

화산 장문인 단학영의 일점혈육으로 모두의 관심 속에서 화산에서 나고 자라다 보니 사실 화산이란 이름에 특별한 감정을 가져 본 적이 없었다. 으레 있어 왔던 것이라 공기처럼 익숙하고 당연한 것이었다. 그러니 평소 충정이니 은혜니 하는 그런 낯간지러운 것들과는 그리 친하지 못했다. 한데 지금은 분위기 탓인지 화산이란 이름 앞에 가슴이 한껏 뜨거워졌다.

"그래! 바로 내가 무림의 태산북두, 대화산파의 천 년 염원을 이루게 하는 거야!"

달아오를 대로 달아오른 단화영은 조급한 마음을 누르지 못하고 그 늦은 밤 천풍이 있는 도원부의 현천문으로 서둘러 길을 나섰다.

* * *

"무공을…… 가르쳐 달라니요?"

느닷없이 들이닥친 단화영을 보며 당황해하는 천풍이다.

이미 자정이 넘은 시각이었다. 단화영이 한나절 반 동안 온통 천풍의 무공만을 생각하고 있었던 것처럼 천풍 역시도 지난 한나절 반을 오직 그 생각 하나에 빠져 있었다. 식음도 전폐했고 잠도 자지 않았다. 그렇게 지난 한나절 반을 거기에 매달린 끝에 열두 개의 무공을 하나로 묶는 것까지 성공했다.

그사이 이름도 지었다.

천극신공(天極神功).

자신의 천형인 천극의 상에서 이름을 따왔다.

천극이라는 이름 뒤에 신공이라 붙이는 게 낯 뜨겁기도 하고 누군가 비웃을 것 같기도 했지만 달리 그보다 적당한 것이 떠오르지 않았다.

자신의 얼굴에 금칠을 하는 것일 수도 있지만 신공이란 이름에 이보다 더 적합한 무공도 없을 것 같았다.

그만큼 대단했다.

다섯 개의 무공을 합친 것만으로도 충격적일 만큼 놀라운 위력을 보였지만 거기에 다시 하나씩을 더할 때마다 완전히 다른 무공이 되어 간다. 도무지 그 끝이 짐작이 되지 않을 정도였다.

하지만 그런 만큼 하나를 더하는 것이 갈수록 어려워지고 있었다. 열하나에서 열두 개째 것을 합치는 데에만 무려 반나절이 걸렸다. 아마도 열세 번째는 그보다 더 오래 걸릴 것이다.

이런 추세라면 천극신공을 완성하기까지 얼마가 걸릴지 모르는 일이었다. 수년, 혹은 수십 년, 어쩌면 평생이 걸릴지도 몰랐다.

기약할 수 없는 만큼 마음은 조급해진다. 눈 한 번 붙이지 않고 지금껏 매달려 있던 것도 그러한 조급함에서였다. 현천문만 아니라면 정말이지 어디 조용한 곳에서 폐관 수련이라도 하고픈 심정이었다.

그렇게 촌각이 아쉬운 판국인데 아닌 밤중에 홍두깨 격으로 단화영이 불쑥 들이닥쳐 무공을 가르쳐 달라고 한다. 게다가 그 무공이란 것이 바로 천극신공이다.

"왜 그리 멍하니 있는 거예요? 가르쳐 달라니까요!"

단화영이 재촉을 해 대지만 천풍은 도무지 이 상황이 어이없고 황당할 뿐이다.

"뭐예요? 설마하니 도진 사형한테는 비급까지 만들어다 줬으면서 나한테는 안 가르쳐 주겠다는 거예요? 지금 사람 차별하는 거예요?"

쌍심지를 켜고는 바락바락 악을 써댄다.

'이 여자…….'

정말 이상하다.

어떻게 이렇게 대책 없이 무례하고 막무가내일 수가 있을까?

단화영이 대체 무슨 바람이 불어서 자신에게 이런 억지떼를 써 대는 건지는 모르겠지만 이 이상한 여자의 황당한 요구에 어떻게 대처를 해야 하는지는 본능적으로 알았다.

"싫습니다!"

단칼에 끊어 버리지 않으면 앞으로 상당히 귀찮아질 것 같았다.

"싫다구요?"

당연히 싫다.

"왜요? 왜 싫은데요?"

이왕지사 뽑은 칼이다. 천풍은 이번에도 냉정하게 말했다.

"제 무공은 아직 완성이 되지 않았습니다. 아직 완성도 되지 않은 무공을 어찌 소저에게 가르치겠습니까? 그럴 만한 수준도 아닐뿐더러 그리할 만한 시간도 여유도 없습니다. 무엇보다 엄연히 저는 현천문의 사람이고 소저는 화산의 제자가 아닙니까? 화산의 무공을 외부로 유출하면 안 되는 것처럼 제 무공 또한 현천문의 것인 바, 외인에게 전할 수는 없는 일입니다."

솔직히 까놓고 말해 남 주기 아깝다.

처음으로 가져 보는 자신만의 무공이다. 결의 무예도 자신만의 것은 아니었고 지금껏 익힌 삼류 무공도 자신이 만든 자신만의 무공이라고는 할 수 없었다. 그래서 애착이 없었고 그래서 세상에 뿌리는 것을 아까워하지도 않았다.

그러나 천극신공만큼은 달랐다.

비록 삼류 무공의 토대 위에 만들고 있는 것이긴 했지만 온전히 자신만의 무공이었다. 끝을 알 수 없는 그 무한함이 그를 더없이 설레게도 하고 들뜨게도 한다.

혼자서 완성하고 싶었다.

혼자서 간직하고 싶었다.

천극신공만큼은 온전히 자신만의 것으로 하고 싶었다.

하지만 그런 천풍의 마음이 단화영에겐 전혀 전달되지 않았다.

"그건 너무 억지잖아요."

단화영의 말에 천풍이 미간을 찌푸렸다.

"억지라고요?"

"억지죠!"

"대체 어디가 억지라는 겁니까?"

"무공이 아직 완성되지 않아서 남에게 가르쳐 줄 수 없다는 것부터가 억지가 아니면 뭐예요? 무공이란 것은 본시 끝이 없는 것 아닌가요? 천 년을 계승하고 발전시켜 온 소림의 역근세수경이나 무당의 태극혜검도 그것을 두고 감히 완성되었다 할 수 없는 것이 무공인데, 단지 완성되지 않아서 남에게 가르쳐 줄 수 없다 하면 세상 어느 누가 제자를 들일 수 있겠어요? 현천문의 무공이라 외인에게 전할 수 없다는 것도 그래요. 애당초 화산의 무공을 훔친 것은 그쪽이 먼저가 아닌가요? 화산의 비전인 이십사수매화검법은 허락 없이 배워 놓고 자신의 것만 아깝다 하는 건가요?"

대책 없고 제멋대로인 행동에 비해 내뱉은 말은 뜻밖에도 논리정연하다. 물론 억지라면 단화영의 말 쪽이 더 억지스러워 보이기도 했지만 막상 반박을 하려니 딱히 반박할 말을 찾기가 어렵다.

그러나 말문은 막혔지만 그렇다고 그녀의 얼토당토않은

요구에 응해 줄 생각은 눈곱만큼도 없다. 무례한 데다 제멋대로고 비상식적이기까지 한 그녀를 상대해 줄 만큼 천풍은 비위가 좋지도 못했다.

조용히 천극신공에나 매진하고픈 마음만 더 간절해졌다.

천풍은 더욱더 단호하게 말했다.

"다시 한 번 분명히 말씀드리지만 이유 고하를 막론하고 저는 소저께 무공을 가르쳐 드릴 생각이 추호도 없습니다."

천풍의 말에 단화영이 따갑게 쏘아본다.

"정말 치사하게 이럴 거예요?"

그러거나 말거나였다.

"제가 치사한 것이 아니라 소저의 요구가 너무 과한 것입니다."

단화영이 못마땅하게 잔뜩 볼을 부풀린다. 그러나 천풍의 뜻이 요지부동함만은 제대로 알아들었는지 콧김만 씩씩댈 뿐 더 이상의 억지떼는 쓰지 않았다.

천풍은 그 기회를 놓치지 않았다.

"제 뜻은 충분히 아셨을 듯하니 그럼 이제 그만 나가 주시겠습니까?"

여세를 몰아 축객령까지 내렸다.

"아니면 제 방에서 이렇게 밤새 계실 생각이십니까? 화산의 영애께서 제 방에서 밤을 보냈다고 하면 가히 좋은 소문은 나지 않을 듯합니다만?"

아무리 무림의 여걸들이 여염집 아녀자들과는 달리 그 행동함이 자유분방하다 해도 결혼도 하지 않은 처녀가 남정네의 방에서 밤을 보냈다고 하면 구설수에 오르는 것은 별반 다를 것이 없었다. 더구나 단화영은 대하산파 장문인의 영애가 아닌가. 단화영 혼자만의 흉이 아니라 자칫 화산파 전체에 욕이 될 수도 있는 일이었다.

다행히 그 정도의 사리판단은 되는 모양이었다. 독기 어린 눈빛으로 매섭게 쏘아보던 단화영이 불만과 노기로 입술을 잘근잘근 씹어 댄 끝에,

"좋아요! 뭐 얼마나 대단한 걸 가지고 그렇게나 생색을 내는지는 모르겠지만 가르쳐 주기 싫다면 그깟 것 안 배우고 말아요. 대신 당신이 훔친 이십사수매화검법에 대한 값은 반드시 받아 내고 말 테니까 그리 아세요!"

마지막으로 '흥!' 하는 콧방귀 하나만을 덩그러니 남겨두고는 이내 홱 하니 몸을 돌려 방을 나가 버렸다.

그리해 야밤의 불청객을 쫓아낸 천풍은 길고 탁한 한숨으로 잡념을 떨치고는 다시 천극신공에 매진하려 했다. 하지만 잘되지 않는다. 한번 흐름이 깨져 버리고 나니 좀처럼 집중할 수가 없다. 무엇보다 급격히 밀려드는 졸음이 문제였다.

어차피 지금 상태로는 머릿속 복잡하게 엉켜 있는 실타래들을 제대로 풀어낼 수 없다. 우선은 한숨 자고 나서 맑

은 정신으로 새롭게 시작하는 것이 보다 효율적이다.

결국 모든 것은 내일로 미뤄 두고 잠자리에 들었다.

내일이 기다려진다.

내일은 또 몇 개의 무공을 더 조합할 수 있을 것인지, 그렇게 더해진 천극신공은 또 얼마만큼이나 자신을 놀라게 할 것인지…….

새삼 잘 했다는 생각이 든다.

단화영에게 그렇게까지 냉정하게 대할 필요는 없지 않았을까 하는 생각에 못내 마음이 개운치는 못했지만, 어쨌거나 그렇게라도 귀찮은 짐 하나를 떨쳐 낸 덕분에 두 번 다시는 단화영으로 인해 오늘과 같은 방해는 받지 않을 것이니 다시 생각해 봐도 그 이상의 선택은 없었다.

그렇게 부푼 기대와 한결 편해진 마음으로 잠을 청했다. 그러나 이튿날 눈을 떴을 때 천풍을 기다리고 있는 것은 기대했던 놀라움도 아니었고 홀가분함도 아니었다. 안타깝게도 더할 수 없는 귀찮음의 덩어리가 그를 기다리고 있었다.

기대 때문인지 설렘 때문인지 유달리 일찍 눈을 뜬 천풍이다. 그러잖아도 부쩍 밤이 길어진 요즘이라 문을 여니 아직 깜깜한 어둠이었다. 하지만 콧속을 파고드는 시원한 공기는 밤이 아니라 새벽의 냄새가 나서 기분 좋을 만큼 정신을 맑게 해 주었다.

길게 숨을 들이켜 새벽 공기를 한껏 마신 천풍은 곧장 처소를 나섰다.

도원부 왼쪽 귀퉁이에 수련을 하기에 적합한 조용하고 넓은 공터가 있었다. 그곳으로 길을 잡았다. 한데 그때였다.

"흥!"

참으로 익숙하지만 전혀 반갑지는 않은 콧방귀 소리가 귀를 파고들었다.

천풍이 그 즉시 미간을 찌푸렸다.

자신의 처소 앞 담벼락에 비스듬히 등을 기대고 있는 작은 그림자가 누구의 것인지 바로 알아차렸기 때문이다.

어제의 단호한 거절과 냉정한 축객령이 무색하게도 그 작은 그림자는 단화영이었다.

"소저께서 또 어쩐 일이십니까?"

"어쩐 일이라뇨?"

"제 의사는 분명히 말씀을……."

"흥! 내가 그쪽에게 볼일이 있어 왔다고 누가 그러던가요? 그쪽에게 볼일이 있어 온 거 아니거든요? 난 이곳에 그저 바람이나 쐬러 왔을 뿐이에요."

"바람을 쐬러 이곳 도원부까지 말입니까?"

"왜요? 그러면 안 되나요? 도원부가 현천문의 것은 아닐 텐데요?"

틀린 말은 아니다.

어디까지나 임시방편이란 명목으로 도원부에 머물러 있는 것이었고 딱히 울타리가 있는 것도 아니다. 하지만 아무리 그래도 바람을 쐬러 굳이 도원부까지 왔다는 건 말이 안 된다.

"뭘 그리 빤히 보는 거예요? 뭐, 할 말 있어요?"

도리어 무슨 용건이냐는 듯이 퉁퉁거리는 단화영이다.

곤혹스런 표정으로 단화영을 보던 천풍은 이내 생각을 달리 먹었다.

'하긴, 어디서 바람을 쐬건 내가 상관할 바가 아니긴 하지.'

자신에게 용건이 있어 온 것이 아니라면 그걸로 된 거다.

천풍은 잠시 멈췄던 걸음을 다시 옮겼다. 한데 대여섯 걸음 정도의 거리를 두고 단화영이 따라온다.

"……."

"난 신경 쓸 거 없어요. 그저 이쪽 바람이 더 좋은 것뿐이니까."

변명이 참 구차하기도 하다.

이건 어떻게 봐도 자신을 쫓아오는 것이 분명했다. 무슨 속셈으로 이러는지는 모르겠지만 이 역시 신경 쓰지 않기로 했다.

그렇게 목적했던 공터에 도착한 천풍은 그 즉시 자세를

잡았다. 우선 복습을 겸해서 어제까지 만든 천극신공을 다시 한 번 몸에 확실히 새겨 놓으려는 의도였다. 하지만 그러지 못했다.

천풍이 공터의 중앙에 자리를 잡은 직후부터였다. 단화영의 눈빛이 확연히 달라져 있었다. 신경을 쓰지 않으려 했지만 그러기에는 뒤통수가 너무 따가웠다.

천풍은 단화영이 새벽부터 부리나케 찾아와서는 되도 않은 변명까지 늘어놓으면서 자신을 따라온 진정한 이유를 그제야 알았다.

'가르쳐 주지 않으니 훔쳐서라도 배우겠다는 건가?'

그녀에 대해 잘 알지는 못하지만 왠지 참으로 그녀답다는 생각이 든다.

그나저나 거슬린다.

어차피 훔치려 한다고 훔칠 수 있는 것도 아니다. 그래서 거기에 대해선 걱정이 되거나 꺼려지는 마음이 들지는 않는다. 하지만 그 시선이 너무 노골적이다. 그 노골적인 시선 앞에서 천극신공을 보이려니 부담스러운 정도를 넘어 왠지 발가벗겨지는 듯한 기분마저 들었다.

정말이지 어쩌면 저렇게 초롱초롱한 눈망울을 할 수가 있을까? 초롱초롱하다 못해 번쩍번쩍 빛이라도 뿜어낼 것만 같다.

'쩝, 오늘은 무리인가…….'

아무래도 하루 종일 따라다니면서 시시때때로 저런 눈빛을 할 것이 자명했다.

슬쩍 짜증이 나기도 했지만 조급히 생각 않기로 했다. 조합한 무공을 완전히 자신의 것으로 만들기 위해서는 필히 몸에 새기는 과정이 수반되어야 하지만 그것이 당장 급한 것은 아니었다. 아직도 조합할 것은 산더미처럼 많았다.

당분간은 몸에 새기는 과정은 뒤로 미루고 거기에만 매진하기로 했다. 지금 당장이야 오기로, 혹은 욕심으로 저렇게 들러붙고 있지만 그게 가 봐야 얼마나 갈까 싶기도 했다.

그러나 안타깝게도 이 귀찮음 덩어리는 천풍의 생각보다 훨씬 더 끈질겼고 훨씬 더 집요했다. 천풍이 자신의 처소에 머물러 있는 시간을 제외하고 하루 종일 찰거머리처럼 들러붙었다.

하루의 시작을 천풍과 같이했고 하루의 마지막을 또한 천풍과 같이했다. 밥을 먹을 때는 물론이거니와 심지어 뒷간에 갈 때조차 들러붙는 통에 밥은 밥대로 편히 먹질 못했고 큰일은 큰일대로 마음 편히 보질 못했다.

그야말로 곤욕도 그런 곤욕이 없다.

그렇다고 완력으로 떼어 버릴 수도 없는 것이, 뭐니 뭐니 해도 명색이 대화산 장문인의 무남독녀다. 그녀의 말대로 도원부가 현천문의 것도 아닌데 어느 누가 감히 단화영의 발길을 막을 수가 있겠는가.

그렇게 천풍이 이 귀찮음 덩어리에 시달리기를 열흘쯤이 지났을 무렵이었다. 이 어울리지 않는 한 쌍의 기묘한 동행이 사람들의 입에까지 오르내리기 시작했다.

'옥면신룡과 화산일검향의 분위기가 심상치 않더라.'

특히 무림맹 젊은 청년들 사이에선 흑지 비사천문과의 전황조차 뒷전이 되어 버렸을 만큼 최고의 화젯거리로 떠오른 두 사람이었다. 그도 그럴 것이 시대를 불문하고 연문만큼 빠르게 확산되는 것도 없을뿐더러 그 주인공이 다름 아닌 화산일검향인 것이다.

천풍에겐 재앙에 가까운 귀찮음 덩어리로 취급을 받고 있기는 하지만 화산일검향 단화영은 그리 소홀히 대접받을 여인이 아니었다.

타고난 미색과 무공에 대한 재능, 화산 장문인의 일점혈육이라는 신분까지…… 그야말로 정파무림의 꽃이었고 정파무림에 몸담고 있는 뭇 청년 무인들의 꿈이었다. 차라리 그 상대가 그들이 인정할 수밖에 없는 자라면 체념하고 포기라도 하지, 이건 수준에 못 미쳐도 너무 못 미치니 더 환장하는 것이다.

당연히 천풍을 보는 뭇 사내들의 시선은 곱지 못했다. 가는 곳마다 질투에 눈먼 사내들의 따가운 눈총을 받아야 했고 술자리 한 잔 술의 안주거리로 잘근잘근 씹혀야 했다.

긍정적인 면도 없잖아 있었다.

천풍과 현천문의 위상이 전과는 확연히 달라졌다.

삼류 떨거지들을 내세워 가소로이 허세나 떨어 대는 문주에 등치만 컸지 허드레 잡일이나 도맡아 하는 하잘것없는 잡배들이라는 것이 지금까지 얻은 무림맹에서의 냉정한 평가였다면 단화영 하나로 인해 거기에 신비가 더해지면서 새삼 주목을 받기 시작했다. 그만큼 화산일검향이라는 이름은 문파 하나를 달리 보게 할 정도의 힘이 있었다.

물론 천풍은 그 같은 변화도 그 같은 시선도 전혀 달갑지 않았다. 어디까지나 조용히 지내고 싶은 그였다. 뭇 사내들의 질투도, 세상의 주목도 그저 번거롭고 불편할 뿐이다.

지금만 해도 그랬다.

요기나 하러 들른 객잔이었다.

졸래졸래 따라 들어와 일언반구의 양해도 구하지 않고 떡하니 자신의 맞은편에 자리를 잡는 단화영이야 이젠 일상이라 거부감조차 들지 않는다. 하지만 그녀의 등장과 동시에 객잔 안 곳곳에서 천풍의 온몸을 갈기갈기 찢어발길 듯한 기세로 쏘아져 들어오는 질투와 시기의 불꽃만큼은 도무지 감당이 어렵다.

무시해 버리기엔 그 적의가 너무 거칠고 과격하며 또한 노골적이다.

밥이 입으로 들어가는 건지 코로 들어가는 건지도 모르겠고 씹고 있는 것이 살점인지 가죽인지도 모르겠다. 아니, 정말로 밥을 제대로 먹지도 못한 모양이다.

"어휴, 칠칠치 못하게 어린애처럼 뭐 하시는 거예요?"

단화영이 대뜸 손을 뻗어 그의 볼에 붙은 밥풀을 떼서는 자신의 입에 넣는다. 그 모습이 자상한 듯하면서도 어딘가 관능적이다.

"……?"

그 과도한 친절이 충격적일 만큼 갑작스러운 천풍이다. 그러나 단화영의 과도한 친절을 더욱 충격적으로 받아들이는 것은 객잔 안 뭇 청년들이었다.

화르르르.

그야말로 질투의 불꽃이 사방에서 타올랐다.

거칠고 과격했던 적의가 폭발할 듯한 살기로 바뀌었다.

그리고 그 속에서 단화영의 입가에 걸쳐 있는 한 자락 득의의 미소가 천풍의 눈에 들어왔다.

결국 과도한 친절의 목적은 바로 이것이었다.

짓궂다. 아니, 영악하다.

'그저 대책 없는 막무가내인 줄로만 알았더니……'

자신의 미모가 가진 힘을 정확히 파악하고 있고 또한 그것을 적절히 이용할 줄도 안다.

그로 인해 지금 앉은 이 자리가 가시방석이 되어 버렸다.

'이거 참…….'

천풍이 곤혹스러워하면 할수록 단화영의 과도한 친절은 그 정도를 더하고 입가에 머금은 득의의 미소는 더욱 짙어진다.

정말로 문제는 그것이 바로 시작이라는 것이다.

사실 계획된 연출은 아니었다. 그저 약간의 짓궂음에 약간의 심술기가 더해져 살짝 장난을 쳐 본 것에 지나지 않았다.

한데 천풍의 반응이 의외로 컸다.

재밌다.

그동안 좋아서 천풍을 쫓아다닌 것이 아니다. 천풍이 던져 주는 떡고물이나 기다려야 하는 처지에 자존심도 상했고 굴욕감도 맛보았다. 자신을 아예 없는 사람 취급하는 천풍의 냉정함이 얄밉기도 했고 야속하기도 했다.

오직 오기 하나로 버텼다.

그렇게 없는 사람 취급하던 천풍이 드디어 그녀의 존재를 의식하고 있었다.

그녀의 손길에 당황해하는 표정이 재밌다. 그 표정이 시시각각 변하며 곤혹스러워하는 모습은 통쾌하기까지 했다.

그때부터였다.

그때까지는 그저 수동적으로 옆에서 어슬렁거리는 것이 전부였던 그녀가 보다 능동적이고 공격적으로 천풍에게 들러붙었다. 그 바람에 뿌리 없던 연문에 뿌리가 생기고 그것은 곧 가지를 치고 잎을 틔우고 꽃을 피워 해가 가기 전에 혼례를 치를 거라는 해괴한 소문까지 나돌 지경이 되었다.

불확실했던 것이 확실해지자 천풍을 보는 뭇 사내들의 시선이 또 바뀌었다.

혹은 충격으로, 혹은 일말의 희망을 버리지 못한 미련으로 격하게 부정하고 반발하며 시기하던 자들이 차츰 포기하기 시작했다.

천풍에 대한 적의도 차츰 사라졌다. 그리고 체념과 인정이 적의를 대신했다. 질투와 시기도 자신이 가지지 못한 것을 가진 자에 대한 동경으로 바뀌었다.

그들의 눈에 천풍은 더 이상 삼류 떨거지들을 내세워 가소로이 허세나 떨어 대는 하잘것없는 삼류 잡배가 아니었다.

절세 미녀의 마음을 얻은 희대의 용자였고 행운아였으며 능력자였다.

가는 곳마다 콧방귀와 무시로 일관하던 무림맹 젊은 무인들이 이제는 괜히 친한 척 먼저 인사를 건네 오기도 한다. 덕분에 그동안 기죽어 지내던 현천문의 문도들마저 한층 활기를 찾았다.

물론 모두가 다 그 같은 분위기에 동참하고 있는 것은 아니었다. 단 한 명, 천풍을 향해 시종일관 적의를 드러내고 있는 자가 있었다.

현 무림맹 맹주 탁종도의 제자 형산유룡 위서량이었다.

제4장

팔준명마(八駿名馬)의 으뜸은 도려(盜驪)이니 능히 고금제일이라

'뭐가 저리 신나서 시시덕거리고들 있는 거야?'

위서량이 불쾌히 눈살을 찌푸렸다.

그가 보고 있는 것은 천풍과 단화영이었다. 불과 며칠 전만 해도 무시와 멸시의 대상이었던 천풍이 지금은 북적하니 사람들에게 둘러싸여 영웅 대접을 받고 있다. 그리고 그의 옆에는 여느 때와 마찬가지로 단화영이 찰싹 들러붙어서는 뭔가 애틋한 분위기를 연출하고 있다.

'대체 저딴 쓰레기 같은 자식의 어디가 그리 좋다는 거야?'

그 눈에 깃든 것은 명백한 질투였다.

정파무림의 뭇 청년 무인들이 그렇듯이 위서량에게도 단

화영은 꽃이었고 꿈이었다. 아니, 그와 그녀의 역사는 뭇 청년 무인들에 비할 바가 아닐 만큼 오래되고 깊었다.

그랬다.

오래되었다.

자그마치 십 년이 훌쩍 넘었다.

어린 날, 그녀를 처음 본 그 순간부터 가졌던 마음이었다. 하지만 그때는 그녀의 곁에 도진이 있었다.

화산 장문인의 영애와 화산 장문인의 장문제자.

일찍부터 정혼 얘기가 오가는 것은 당연한 일이었다. 그래서 마음을 접었다.

한데 황산사라는 절에 다녀온 이후로 철벽처럼 단단하고 태양처럼 빛나 보이던 도진이 망가졌다. 그리고 끝 간 데 없이 추락하는 그를 화산이 버렸다. 정혼 이야기가 사라진 것은 두말할 것도 없다.

기회가 왔다.

해가 갈수록 그 미색을 더해 가는 단화영이었다. 까마득히 먼 존재였던 그녀가 손에 잡힐 듯 가까이에 다가와 있었다.

그리해 손을 뻗어 보기로 했다.

무림대회 날에 비무대회의 우승자가 되어 그녀의 앞에 당당히 나서기로 일생일대의 결심을 했다. 그러나 또다시 도진이 그의 앞을 가로막았다.

단화영에 대한 연정은 물론이거니와 도진에 대한 십 년 묵은 열등감마저도 훌훌 털어 버릴 수 있었던 그날의 비무에서 아직까지도 뭐가 어떻게 된 영문인지 모를 만큼 무참하게 패했다.

사내로서의 자존심도, 무인으로서의 자부심도, 그리고 마음에 품은 여인마저도 그렇게 다 잃어버렸다. 아니, 다 잃어버린 줄로만 알았다.

한데 하늘의 보살핌인지 다시 한 번 기회가 왔다.

스승 탁종도가 무림맹주의 자리에 오른 것이다.

무림맹이라면 대화산파의 큰 이름 앞에 당당할 수 있다.

무림맹주의 대제자라면 화산일검향의 옆자리를 차지하기에 전혀 부족함이 없다.

때를 기다렸다.

가장 적합한 때를 기다려 스승 탁종도에게 매파를 넣어줄 것을 청하려 했다.

그와 그녀의 인연은 하늘이 정해 놓은 것이라 그리 믿었다.

그런데, 마른하늘에 날벼락도 유분수지 이게 무슨 일이란 말인가?

뚱딴지같이 등장한 저 터무니없이 부족한 놈은 대체 뭐란 말인가?

일전에 만난 기억이 있다.

황학루에서였다.

청무도장이라는 일개 무도관에서 왔다며 자신을 소개한 것과는 달리 그 앞에서 도진이 뜬금없이 비무를 청하는가 하면 염가상단의 주인까지 행차해 극진한 대접을 하더니 이제는 천하오절의 제자랍시고 현천문의 주인이 되어 나타나 어느새 그가 그토록 간절히 원했던 화산일검향의 옆자리를 떡하니 차지하고 있다.

이 모든 것을 대체 어떻게 받아들여야 한단 말인가?

'대체 뭐 하는 작자냔 말이야!'

황당하고 헷갈리고 분통이 터진다.

사실 그와 천풍의 인연은 그것이 전부가 아니었다.

위서량이 기억을 못 하고 있다 뿐이지 그들의 인연은 훨씬 더 오래되고 또한 각별한 것이었다. 십여 년 전 황산사에서 천풍과 도진의 비무가 있던 그날, 그들을 둘러싼 채 비무를 관전하던 구대문파의 제자들 중에서 유일하게 천풍을 응원해 준 것이 바로 위서량이었다.

물론 어디까지나 도진에 대한 반발심에서였을 뿐, 굳이 들추어 낼 필요도 없는 한낱 무의미한 기억의 편린일 뿐이지만 말이다.

어쨌거나 이 각별하고 묘한 인연으로 인해 그야말로 부글부글 끓는 속을 주체하지 못하는 위서량이다. 한데 그렇게 벙어리 냉가슴 앓듯 하는 그의 속병에 가뜩이나 들불처럼 불타오르는 시기와 질투에 기름을 끼얹은 자가 있었다.

그것은 무림맹을 찾은 또 한 명의 방문객이었다.

*　　*　　*

천풍은 도원부 왼쪽 귀퉁이의 공터에서 천극신공의 수련을 막 끝낸 참이었다. 언제나 그렇듯 그의 옆에선 단화영이 눈망울을 초롱초롱 빛내고 있었다.

익숙해졌다.

처음에는 그녀의 따가운 시선이 여간 불편한 것이 아니었는데 그것도 지내다 보니 차츰 적응이 되었다. 이제는 그녀가 보든 말든 신경 쓰지 않고 천극신공을 익혔다. 아니, 적응도 적응이지만 고래 심줄보다도 더 질긴 그녀였고 그녀가 떨어져 나가기만을 언제까지고 기다릴 수도 없는 처지, 그에겐 달리 선택이 없었다고 하는 것이 옳았다.

그나마 그의 짐작대로 천극신공을 훔치지는 못했다. 아니나 다를까, 천극신공은 훔쳐 배운다고 훔쳐 배울 수 있는 것이 아니었다. 벌써 열흘이 넘게 그녀 앞에서 천극신공을 수련하고 있지만 기대로 반짝이던 그녀의 초롱초롱한 눈망울은 번번이 실망으로 끝을 맺을 뿐이었다.

서로에게 익숙해진 만큼 그사이 둘 사이의 분위기도 많이 달라져 있었다.

먼저 단화영의 억지 애교와 가식적인 친절이 사라졌다.

애초에 뭇 청년 무인들의 질투를 부추겨 천풍을 곤란케 하려는 것이 목적이었는데 질투는 동경으로, 적의는 선망으로 바뀌어 더는 억지 애교도 가식적인 친절도 의미가 없어져 버렸다.

그러나 그렇게 태도가 바뀌었는데도 그들을 보는 주위의 시선은 별반 달라진 것이 없었다. 억지 애교와 가식적인 친절은 거두었지만 서로를 대함에 있어 그만큼 익숙해져서 이제는 격의 없고 편한, 마치 오래된 연인 같은 분위기를 자아내고 있었기 때문이다.

어쨌거나 오늘도 여느 날과 다름없이 그렇게 하루를 마무리한 천풍은 곧장 자신의 처소로 걸음을 옮겼다. 또한 단화영도 여느 날과 다름없이 실망만 잔뜩 안은 채로 그 뒤를 따랐다.

한데 늘 한결같았던 하루에 변화가 생겼다.

천풍의 처소 앞에서 낯익은, 그러면서도 반갑기가 한량없는 여인 하나가 그를 기다리고 있었던 것이다.

"오랜만이에요. 공자님. 아니, 이젠 소 문주님이라 불러야 하나요?"

반갑게 인사를 건네 오는 여인은 황학루의 취옥선이었다.

"루주께서…… 어찌……?"

너무도 갑작스러운 재회에 어리둥절해하며 묻는데, 그 질문이 끝나가도 전에 불쑥 단화영이 끼어들었다.

"사저? 사저가 여긴 어떻게 온 거예요?"

그제야 취옥선도 단화영을 발견하고는 그 눈에 반가움을 담는다.

"아, 아영 사매도 있었네. 그럼 소문이 사실이었던 거야?"

"소문?"

"옥면신룡과 화산일검향이 정혼을 약속했다는……."

"무, 무슨 소릴 하는 거예요! 그럴 리가 없잖아요!"

단화영이 화들짝 놀라며 꽥 하니 소리를 질렀다. 소문이야 자신이 키워 놓고는 막상 친인의 입을 통해 나오니 진저리를 쳐 댄다.

취옥선이 이해가 안 된다는 듯 고개를 갸웃한다.

"그럼 왜 그런 소문이…… 게다가 지금 둘의 모습은 또 뭐고……?"

"그게 좀…… 뭐 그럴 일이 있어요."

전혀 대답이 안 된다.

여전히 이해를 못 하겠다는 눈으로 천풍과 단화영을 번갈아 보는 취옥선이다.

천풍은 참 많은 의미를 담아 씁쓸히 웃었고 길게 얘기해 봐야 좋을 것 하나 없는 단화영은 급히 화제를 돌렸다.

"한데, 사저가 무림맹엔 정말 어쩐 일이에요?"

"중원 무림이 위험에 처했는데 힘이 닿는 한 황학루도 도와야지. 내 얕은 검술로는 아무런 도움도 되지 못하지만 황학루의 자금은 분명 요긴하게 쓰일 테니까."

소림과 무당, 화산의 공동성명이 있은 후 몸집이 급격히 불어나 버린 탓에 한 명의 무인보다 한 푼의 동전이 더 궁한 것이 현재 무림맹의 사정이었다. 여기저기서 끌어모아다 근근이 버티고는 있지만 그것도 점점 한계였다.

아무래도 허드렛일을 맡아 하다 보니 오히려 그런 부분에서는 더 빠삭할 수밖에 없었다. 무림맹의 자금 사정이 너무 안 좋다 보니 그 역시 현천문의 자금이라도 얼마간 지원을 해야 하나 고민을 하고 있던 참이었다.

그나저나 여전한 미색이다.

'벌써 2년인가…….'

그러고 보니 취옥선을 만난 것이 2년 전 딱 이맘때쯤이었다.

2년 사이 한층 더 아름다워졌다.

환경이 환경이라서인지 성숙하고 어딘지 관능적이기까지 하다.

지그시 건네 오는 시선에 괜스레 가슴이 설레기도 한다.

그렇게 새삼 취옥선의 미색에 취해 있는데,

"아참! 백향은요? 백향 그 아이도 데려오셨어요?"

단화영이 한껏 기대에 찬 목소리로 물었다.

"물론 데려왔지."

"어디요? 지금 어디 있는데요?"

"도원부 안으로는 말을 들일 수 없다고 해서 오는 길에 일단 현천문에 맡겨 두고 왔어. 왜? 빌려 줄까?"

취옥선의 물음에 눈을 반짝이며 크게 고개를 끄덕여 댄다.

"하지만 오늘은 그 아이도 좀 쉬어야 하니까 내일 데리러 와. 한 사나흘 정도는 무림맹에 머물 테니까 그때까진 아영 사매가 데리고 있어도 좋고."

취옥선의 말에 환하게 웃으며 고개를 다시 크게 주억거린다.

여태까지 거의 한 몸처럼 붙어 다니는 동안 지금처럼 즐거워하고 들떠 하는 걸 본 적이 없었다. 지금처럼 가식 없는 웃음도 본 적이 없었다. 마치 어린아이의 그것처럼 해맑다.

백향이라 했다.

단화영을 저토록 신나게 하는 것.

천풍도 익히 아는 이름이다.

취옥선이 무척이나 아끼던 말이었다.

삼국시대 전설의 명마인 적토마를 비롯해 천하에서 가장 뛰어난 여덟 종의 말인 팔준(八駿) 중에서 백의(白義)가 백향의 혈통이라고 했었다.

털은 눈이 부시도록 희고 하늘을 날듯 날렵하며 천지를 굽어보듯 도도하다고도 했었다.

물론 그날 천풍이 본 백향은 하늘을 나는 날렵함은커녕, 천하를 굽어보는 도도함은커녕 적운과 뒤엉켜 있던 그저 한 마리의 발정 난 짐승에 지나지 않았지만 말이다.

아직도 생생하기만 한 그날의 참변을 떠올리니 취옥선의 미색에 취했던 것도 잠시, 괜스레 민망해진다.

그건 취옥선도 마찬가지인 모양이다.

발그레하니 홍조를 띠며 애써 천풍을 외면한다.

염치는 없는데 눈치는 참 빠른 단화영이다.

"어? 둘이 왜 그래?"

두 남녀 사이에 들어찬 어색한 공기를 바로 알아차리고는 미심쩍은 시선을 보내온다.

"뭐야? 둘 사이에 뭔가 있는 거예요?"

단화영의 추궁에 당황한 천풍이 급히 손사래를 쳤다.

"아니, 아닙니다. 뭔가 있기는요. 아무것도 없습니다."

"아무것도 없는 게 아닌데? 가만, 무림맹에 왔다면 응당 화산파 숙소를 먼저 찾았어야 하는데 사저가 여기부터 온 것도 이상하고…… 둘 사이에 정말 뭔가가 있는 거예요?"

단화영의 날카로운 눈빛이 천풍에게서 취옥선에게로 옮겨졌다. 그러나 취옥선은 당황해하지 않았다. 당황해하기는커녕 오히려 되받아치기까지 한다.

"뭔가가 있는 건 내가 아니라 오히려 아영 사매인 거 같은데? 소문도 그렇고……."

"무, 무슨 소리를 하시는 거예요? 소문은 사실이 아니라니까요!"

"글쎄? 아예 뜬소문이라고 하기에는 소 문주님과 나와의 일에 지나치게 예민해하는 것 같은데?"

"아, 아니라니까요. 아니라니까 자꾸 왜 그래요? 이런 멍청한 남자를 누가 좋다고……."

"봐, 지금도 반응이 지나치잖아. 강한 부정은……."

"아, 정말 아니라니까요!"

유들유들한 취옥선의 대응에 꽥꽥 악을 써 대는 단화영을 보자니 그야말로 부처님 손바닥 안의 손오공이 따로 없다.

'꿩 잡는 게 매라더니…….'

천하에 이보다도 골칫덩이가 없을 것 같던 단화영이건만 그런 단화영을 어린애 다루듯 한다.

취옥선을 보는 천풍의 시선은 아름다운 여인에 대한 본능적인 동경을 넘어 존경과 흠모마저 담겼다.

한데 그렇게 두 여인의 적나라한 천적 관계를 기분 좋게 감상하던 천풍의 얼굴이 돌연 납빛으로 변했다. 불길한 생각이 불현듯 떠오른 때문이었다.

천풍이 급히 취옥선에게 물었다.

"루주님, 조금 전에 백향을 저희 현천문에 맡기셨다고 하셨습니까?"

"예, 그러잖아도 따로 감사를 드리려고 했어요. 집법 당주님께서 저희 백향을 너무 과분히 대해 주셔서……."

"과분히라 하시면……?"

"백향을 아무 데나 둘 수 없다며 문주님의 마사(馬舍)까지 빌려 주셨으니까요."

과분히가 아니다.

현재 현천문의 전용 마사는 둘로 나누어져 있었다. 하나는 일반 문도들이 말을 두는 곳이었고 하나는 천풍 전용의 마사였다.

말에 대해 문외한이라고 해도 백향이 보통 말이 아님은 한눈에 알아볼 수 있다. 더구나 그 주인이 황학루의 주인이라면 마립이 선택할 것은 당연히 일반 문도들의 마사가 아닌 천풍의 전용 마사일 수밖에 없다.

천풍의 얼굴이 납빛으로 변한 것도 바로 그 때문이었다.

천풍의 전용 마사에는 바로 풍천이 있는 것이다.

영리한 건지 영악한 건지, 게으른 건지 시건방진 건지, 아니, 과연 말이긴 한 건지…… 근 2년을 데리고 있었지만 도대체가 그 속을 알 수가 없는 놈이다.

알 수가 없으니 신뢰란 것이 생겨났을 리도 없다.

불안했다.

백향에게 무슨 짓을 할지 모른다.

지난날 황학루에서 보았던 그날의 참사가 다시 재현될지도 모른다.

적운과는 생김부터가 격이 다르지만, 비루한 망아지 꼴인 풍천을 백향처럼 도도한 암말이 절대 허락할 리가 없었지만 그럼에도 불길한 예감이 드는 것은 풍천이 그럼에도 능히 그러고도 남을 녀석이기 때문이다.

"아무래도 백향을 거기에 그대로 둬서는 안 될 것 같습니다."

천풍의 말에 취옥선이 의아해한다.

"왜 그러세요?"

"풍천이…… 제 말이 무슨 짓을 할지 모릅니다. 큰 변을 당하기 전에 서둘러 데려와야 합니다."

"큰 변을 당하다니, 무슨……?"

급박한 천풍과는 달리 어리둥절하기만 한 취옥선이다. 그러다 문득 천풍의 표정에서 뭔가를 읽어 내고는 혹시 하며 물었다.

"혹여 지난번과 같은 일이 생길까 걱정하시는 건가요?"

정확히 짚었다.

"그런 거라면 걱정하실 일이 아니에요. 그 시기는 이미 넉 달 전에 지났어요."

그랬다.

발정기는 지났다. 그러니 걱정할 일이 아니다.

2년 전의 참변도 유난히 늦었던 발정기가 하필이면 천풍이 적운을 데려온 그때에 시작된 때문이지 그때 만일 백향이 발정기가 아니었다면 천풍의 기억 속 백향은 그처럼 추한 모습은 아니었을 것이다.

"더구나 그날 그랬던 것도 상대가 적운이었기에 그리되었던 것이구요."

아름다운 만큼 도도하고 좋은 혈통만큼 눈이 높은 백향이다.

발정기라고 해서 아무 말이나 상대가 될 수 있는 것이 아니다. 적운이 한혈마였기에 자신의 짝으로 맞은 것이있다.

천풍의 애마가 어떤 말인지는 모르지만 '아무렴 한혈마에 비할 바는 아니지 않느냐'라는 뜻이다.

물론 풍천을 한혈마에 비할 바는 아니다. 한혈마는커녕 종자조차 불분명한 데다 외형만 놓고 보자면 적운에 비해 아예 먼지처럼 하찮아 보일 지경이다. 하지만 그럼에도 역시 풍천이기에 안심을 할 수가 없다.

2년을 데리고 있으면서 절절하게 느낀 것은 풍천은 항상 상상하는 그 이상을 보여 준다는 것이었다.

백향이 발정기가 아니란 것도 마찬가지다.

'그 녀석이라면 능히…….'

백향의 미색에 홀리기만 한다면, 풍천에게는 그딴 것은 아무런 문제가 되지 않는다. 지금껏 그가 겪어 본 풍천은 일반적인 상식이 통하지 않는 무서울 정도로 황당한 괴물이었다.

그나마 한 가닥 위안이 되는 것은 지금껏 숱한 문제를 일으키며 무던히도 속을 썩이긴 했지만 적어도 문란한 짝짓기로 그를 곤란케 한 적은 단 한 번도 없었다는 점이다.

생겨 먹은 기질을 생각하면 그만한 난봉꾼도 없을 텐데도 그런 면에서는 신기할 만큼 깨끗한 녀석이었다. 물론 그 역시도 상대가 백향이라면 문제가 달라지겠지만 말이다.

"아무튼 가능하면 백향과 같이 두지 않는 것이 상책입니다. 나로서도 도무지 측량을 할 수 없는 녀석인지라……."

천풍이 그리 말하고는 서둘러 걸음을 옮겼다.

취옥선도 엉겁결에 그 뒤를 따랐지만 그 와중에도 의아한 것은 어쩔 수 없었다.

"대체 어떤 말이길래 그러시는 거죠? 종자는요?"

천풍의 뒤를 따르며 취옥선이 궁금해하며 물었다.

취옥선의 물음에 답을 한 것은 단화영이었다.

"어떤 말이나 마나, 종자랄 것도 없이 그냥 비쩍 곯은 잡말이에요. 세상에 그처럼 볼품없는 잡말도 드물 걸요?"

천풍을 따라다니며 두어 번 본 적이 있었다.

그리 길지 않은 생이었지만 살면서 그처럼 볼품없는 말

은 생전 처음 보았다.

“정말이지 두어 달은 굶긴 줄 알았다니까요. 그런데 더 웃긴 건, 굶기기는커녕 매끼 식사로 최고급 양고기를 먹이고 있다지 뭐예요.”

단화영의 말에 취옥선이 더욱 이해할 수 없다는 표정을 했다.

아무것도 가진 것이 없을 때도 한혈마를 타고 왔던 천풍이었다. 지금은 명색이 현천문의 문주이기까지 한데 그의 애마가 볼품없는 잡말이라니? 게다가 말이 육식을 한다니?

도무지 뭐가 뭔지 영문을 모르겠다.

취옥선이 그렇게 어리둥절해하고 있을 때 바삐 급한 걸음을 내딛던 천풍이 돌연 걸음을 멈췄다.

현천문의 마사 앞이었다.

마사의 문을 열기 전 천풍의 눈은 불안으로 흔들렸고 취옥선의 눈은 호기심으로 반짝였으며 단화영의 눈은 시종일관 시큰둥했다.

끼이익

마사의 문이 열렸다. 그리해 드러난 천풍의 전용 마사는 그리 크지 않았다.

마사 안의 전경이 한눈에 다 들어왔다.

그리고 거기에 풍천이 있었다.

백향도 보였다.

하지만 정작 그곳의 풍경은 천풍이 생각했던 것과는 많이 달랐다. 두 마리의 발정 난 짐승도 없었고 추잡한 열락의 공기도 아니었다.

여느 때와 마찬가지로 조용하고 한가롭다.

다만 백향에게선 여전히 천하를 굽어보는 도도함 같은 건 눈곱만큼도 찾아볼 수 없었다. 도도함은커녕 풍천의 옆에 찰싹 달라붙어 핥고 빨고 몸을 비벼 대고 아주 꼬리를 쳐 댄다.

오히려 도도한 것은 그런 백향의 구애를 귀찮은 듯 관심 없는 듯 밀어내고 있는 풍천이다. 백향의 구애가 점점 더 농밀해지자 짜증스레 투레질을 해 대기도 한다.

그 같은 광경에 천풍은 일단 안도를 했고 취옥선은 어리둥절해했으며 단화영은 불쾌해했다.

"발정기는 지났다면서요?"

백향의 구애 자체가 불쾌한 것인지, 아니면 그 상대가 풍천이라는 것이 마음에 안 드는 것인지 단화영이 퉁명스레 물었다.

하지만 이해가 안 되기는 취옥선도 마찬가지였다.

눈앞의 광경이 도무지 믿기지가 않았다.

물론 발정기는 지났다.

아니, 설혹 발정기라고 해도 백향이 저처럼 경박하게 군다는 것은 그녀로서는 상상도 못 할 일이었다. 더구나 그 상대가 도무지 백향의 눈에 찰 만한 말이 아니다.

이건 단화영에게 듣던 것보다 더하다.

격이 떨어져도 너무 떨어진다.

대체 백향은 저런 격 떨어지는 수말의 어디가 좋아서 저리도 구애를 해 대는 것일까?

명색이 일문의 주인인 천풍은 또 대체 왜 저런 격 떨어지는 말을 애마로 삼은 것일까?

이 이해 못 할 상황에 대해 마냥 불쾌해하고 있는 단화영과는 달리 취옥선은 생각의 폭을 넓혔다.

세상사라는 것이 본시 보이는 것이 전부는 아닌 법이다.

저기 저 볼품없고 격 떨어지는 수말 역시도 보이는 것과는 전혀 다른 내력을 지녔을지도 모른다. 아니, 필경 그럴 것이다.

그게 아니라면 지금의 상황을 어찌 설명한단 말인가?

취옥선은 마음속에 자리 잡은 편견과 선입견을 버리고 다시 풍천을 살폈다.

우선 피골이 상접하다는 말이 이보다도 잘 어울릴 수가 없다. 입가에 흐르는 흥건한 침과 고약한 냄새는 그야말로 심각한 병이라도 든 것 같다.

단화영은 두어 달 굶은 줄 알았다지만 취옥선의 눈에는 두어 달 굶은 정도가 아니라 두어 달을 더 살 수 있을까 싶을 정도로 위태로워 보였다.

한데 그런 전체적인 분위기와는 어울리지 않게도 털 하나만큼은 순백이다. 눈이 부실 정도다. 백향과 비교해도 손색이 없어 보인다.

'한데 이 위화감은 대체 뭐지?'

단지 피골이 상접한 외형과의 부조화 때문만은 아니다.

보다 근본적이고 근원적인 어색함이다.

어떤 작위적이고 인위적인 느낌…….

순간, 취옥선의 눈에 이채가 띄었다.

'검은…… 털?'

전체가 순백으로 뒤덮여 있는데 유독 한 곳, 갈기털의 뿌리만은 아주 미세하게 검은 색을 띄고 있었다.

'설마…….'

그제야 위화감의 정체를 알았다.

작위적이고 인위적인 느낌의 실체도 알았다.

"염색을…… 한 건가요?"

분명했다.

갈기털의 뿌리만 검은 것은 염색을 한 후 그사이 미세하게나마 털이 자라서일 것이다.

아니나 다를까,

"예. 그렇긴 한데, 어찌 아셨습니까?"

천풍이 흠칫 놀라며 그렇게 되묻는다.

언제 어떻게 소림사와 마주칠지 알 수 없기에 무림맹에

온 이후로는 풍천의 염색에 더욱 각별히 신경을 쓰고 있던 차였다. 혹여라도 색이 바라진 않았을까, 혹여라도 색이 벗겨지진 않았을까 닷새에 한 번씩은 색을 다시 입혔다. 오직 그 하나를 위해서 공자추를 상주시켰을 정도였다.

지금껏 아무도 눈치채지 못했다. 마사를 관리하는 현천문 문도들조차 풍천을 백마로 알고 있었다. 한데 그런 것을 단번에 꿰뚫어 버리니 그 빼어난 눈썰미와 말에 대한 깊은 조예에 천풍이 새삼 놀라는 것도 당연했다.

"혹시 본래는 검은 색인가요? 칠흑처럼 검은……."

얼떨결에 고개를 끄덕이는 천풍이다.

한데 어쩐 일인지 풍천을 보는 취옥선의 눈빛이 달라지고 있었다. 눈빛뿐만 아니라 마치 귀신에라도 홀린 표정이 되어서는 풍천에게 다가간다.

"칠흑같이 검은 털, 침을 많이 흘리고 그 생김은 못났다."

풍천에게 다가간 취옥선이 그렇게 중얼거리며 갈기를 매만지기도 하고 뒷다리를 세심히 살피기도 한다. 그러더니 또 한참을 풍천과 눈을 마주한다.

"갈기는 비단처럼 부드럽고 네 다리는 한달음에 만 리를 갈 수 있을 만큼 강건하다. 지혜는 사람에 비할 수 있으며 육식을 하고……."

마치 책이라도 읽는 듯이 중얼거리던 취옥선이 다시 천

풍에게로 시선을 돌린다.

"……?"

천풍을 향하는 그 눈은 떨리고 있었다.

충격…… 놀람…… 아니, 그것은 주체할 수 없는 희열이었다.

"이 아이를…… 어디서 구하셨나요?"

목소리도 떨려 나온다.

그 모든 게 의아하기만 한 천풍이 뭐라 대답하기도 전에 단화영이 불쑥 끼어들었다.

"왜 그래요? 그 비루먹은 망아지가 대체 뭔데 그래요?"

정말이지 천풍이 묻고 싶은 말이다.

풍천을 얻은 이후로 줄곧 궁금했다.

나름 말에는 일가견이 있다는 자들에게 물어도 보았지만 죄다 외형만 보고는 쓸모없는 잡말로 치부해 버리기 일쑤였다.

도대체 풍천의 정체가 뭐란 말인가?

예사로운 말은 아니라고 생각은 했지만 대체 뭐길래 취옥선이 저리도 놀라워하는 것일까?

궁금함을 참지 못한 천풍이 단화영의 뒤를 이어 재차 물었다.

"이 녀석이 어떤 말인지 아십니까?"

"하면 문주께서는 정말 모르신단 말인가요? 이 아이가

어떤 말인지도 모르시면서 이 아이를 거두셨단 말인가요?"

황당하다는 듯, 믿기지 않는다는 듯, 답답하다는 듯 따져 물어 온다. 그 눈빛에는 어떤 부러움마저 내비치고 있었다.

"예사 녀석은 아니란 것은 알고 있었지만……."

취옥선의 눈빛을 대하자니 마치 무슨 죄라도 지은 것처럼 위축이 된다.

"혹시 전에 제가 말씀드린 것을 기억하시나요? 팔준명마에 대한……."

물론 기억하고 있다.

"산해경에 나와 있기를 주나라 목왕이 중원은 물론이고 서역 너머까지 온 세상을 여행할 때 타고 다녔다는 도려(盜驪), 백의(白義), 적기(赤驥), 거황(渠黃), 녹이(綠耳), 화류(華騮), 유륜(踰輪), 산자(山子) 이 여덟 마리의 말을 팔준명마라 부르죠. 백향이 이은 혈통이 바로 백의의 것이고 관운장이 타고 다녔다는 적토마가 바로 적기의 혈통이죠. 그리고 한혈마가 적토마의 혈통이고요."

전에도 들었던 이야기다.

문득 느껴지는 것이 있었다.

"혹시 이 녀석도 팔준의 하나입니까?"

그게 아니라면 굳이 이런 이야기를 늘어놓을 이유가 없다.

"팔준의 하나냐고요?"

천풍의 무지가 이제는 어이없기까지 하다는 표정이다.

"팔준 중에서도 목왕이 가장 아꼈다는 말이 도려와 녹이, 화류예요. 그중에서도 세상을 여행할 때 항시 좌우로 두었다는 두 마리의 말이 도려와 녹이구요. 도려와 녹이 중에서도 그 뛰어남이 단연 으뜸이라 산해경 팔준 구절에 가장 먼저 올라 있는 것이 바로 도려죠."

"……."

"팔준 중에서도 천하제일에 가장 잘 어울리는 팔준명마의 수좌…… 제가 잘못 본 것이 아니라면 이 아이는 분명 도려예요!"

"……!"

실로 믿기지 않는 말이었다.

팔준이라니?

그중에서도 으뜸인 도려라니?

'이 녀석이 천하제일의 말이라고?'

천풍이 황당해하며 풍천을 보았다.

취옥선의 말을 알아들은 건지 고개를 빳빳이 세우고는 천풍을 눈 아래로 내려다본다.

'건방진 것 하나만큼은 천하제일이라 해도 손색이 없긴 하지.'

그러나 아무리 뜯어봐도 도무지 현실감이 없다. 그건 단화영도 마찬가지인 모양이다.

"사저. 잘못 보신 거 아니에요? 도려라니? 이런 잡말이 도려일 리가 없잖아요?"

"글쎄. 아영 사매 말대로 내가 잘못 본 것일 수도 있어. 나도 어디까지나 책으로만 읽었을 뿐, 도려는 한 번도 본 적이 없으니까."

"그러니까요. 무림에 알려진 것이라곤 고작해야 이백 년 전 신비살수 현천이 타고 다녔다는 것 정도가 전부인데, 그마저도 사실 확인이 되지 않은 풍문에 지나지 않고 과연 실존했었는지조차 의심스러운 게 도려인데 어찌……."

"물론 내 짧은 식견으로는 확언은 못 해. 하지만, 나는 잘못 보았을 수도 있다지만 백향은? 이 도도하고 새침한 아이를 이토록 홀리게 만들 말이 도려 말고 달리 또 있을까?"

"……."

단화영도 더는 부정치 못했다.

사람이 아무리 말에 대해 조예가 깊다 하더라도 말의 본능에는 따르지 못하는 법이다.

보다 강한 혈통을 남기고자 하는 암컷의 본능만으로 이미 충분히 입증이 되었다.

"정말 이 아이를 어떻게 구하신 거예요?

이제 취옥선의 눈빛에는 부러움밖에 없었다.

그저 부러워서 못 견디겠다는 표정에선 혹시 달리 또 구할 수는 없을까 하는 간절한 기대도 보였다.

사실 이 중에서 풍천에 대해 가장 궁금해하고 있는 것은 다름 아닌 천풍이었다.

풍천이 도려라는 것은 이제 어느 정도는 받아들였다.

대개 좋은 말을 품평할 때 그 기준으로 온순한 성품과 강건한 풍채는 필수 덕목이다. 그런 면에서 풍천은 좋은 말이라 할 수 없었다. 성품은 온순하기는커녕 건방진 데다 게으르기까지 하고 강건해야 할 풍채는 보다시피 피죽도 못 얻어먹은 거지꼴이다.

그런 기준으로 보면 이건 천하제일의 말이 아니라 이보다 더할 수 없을 만큼 최저, 최악에 더 가깝다.

그럼에도 취옥선의 말을 부정치 못하겠는 것은 풍천이 가진 능력이 그 모든 것들을 초월해 버릴 만큼 대단한 것이기 때문이다.

말 본연의 능력으로만 따지면 하루에 천 리를 달린다는 한혈마조차, 그 적운조차 풍천에 비할 바가 아니었다. 그만큼 빨랐다. 실제로 숭산에서 태원까지 천 리가 넘는 길을 반나절 만에 주파하지 않았던가. 그러면서도 지친 기색 하나 없었다.

이런 말이 천하제일이 아니면 달리 어떤 말을 두고 천하제일이라 논할 수 있을까.

풍천이 도려고, 천하제일의 말이라는 것을 인정하고 보니 새삼 의문이 든다.

'대체 그 노인장은 무슨 생각으로 풍천을 내게 준 거지?'

스스로를 하늘이라고 하며 풍천을 주었던 노인.

풍천이 도려란 것을 알기 전에는 자신을 골탕 먹이려 했다고만 생각했다. 하지만 풍천이 도려란 것을 알고 보니 마냥 안 좋게만 생각할 수가 없다.

아무렴 그저 골탕이나 먹이자고 전설의 명마를 내기의 수단으로 삼아 그렇듯 선뜻 자신에게 던져 주지는 않았을 테니까 말이다.

'하면 내게 선의라도 가졌다는 건가?'

그 선의에 약간의 짓궂음이 동반되었다고 하는 게 지금의 상황에 맞았다. 돌이켜 보면 당시 노인의 행동이 황당하고 짓궂어 보이긴 했어도 악의가 느껴지진 않았었다.

'하지만 왜?'

그 전까진 일면식도 없던 자신에게 도려를 줄 만큼의 선의라는 게 가당키나 한 일인가?

"이 녀석을 가격으로 매기면 얼마나 받을 수 있습니까?"

천풍의 질문이 예상 밖이었는지 취옥선이 의아해한다.

"가격이요?"

"예."

"도려는 신물이자 영물이에요. 이 신령스러운 아이에게 어찌 가격을 매길 수 있겠어요?"

그리 말하는 취옥선의 얼굴에는 언뜻 불쾌감마저 엿보였다. 하지만 천풍에겐 풍천을 두고 신물이니 영물이니 신령스럽다느니 하는 것 자체가 그저 당혹스러울 뿐이다.

"그래도 가격을 매긴다면요? 삼십만 냥은 받을 수 있습니까?"

"삼십만 냥이요? 혹시 이 아이를 삼십만 냥에 구하신 건가요?"

"아뇨, 그건 아닙니다만……."

삼십만 냥에 구한 건 아니다. 그저 노인이 내건 내기의 조항 중에 그와 비슷한 것이 들어 있었던 것뿐이다.

'도중에 무르는 건 없어. 만일 데리고 있기 힘들다고 내게 다시 돌려주려 한다거나 다른 사람에게 판다거나, 혹은 버린다거나 하면 삼천 냥이 아니라 삼만 냥, 아니, 삼십만 냥을 받아 낼 테니까 그리 알아.'

노인이 풍천을 넘기며 천풍에게 한 말이다. 그래서 삼십만 냥을 콕 집어 물은 것인데, 취옥선이 고운 미간을 찡그리며 어이없다는 듯 그를 본다.

'너무 과했나?'

하긴 말 한 마리 가격으로 삼십만 냥이라니? 스스로가 생각해도 터무니없다.

'가죽에 금칠을 한 것도 아니고…….'

그런 액수를 부른 것 자체가 괜스레 무안했다.

하지만 무안도 잠시, 이어서 나온 취옥선의 말에 눈을 휘둥그레 떠야 했다.

"삼십만 냥 아니라 삼백만 냥으로도 구할 수가 없으니까 신물이고 영물인 거예요. 저만 해도 문주께서 파신다고만 하면 백만 냥 정도는 어떻게든 준비할 용의가 있는걸요."

그저 하는 말이 아니다.

천풍이 고개만 끄덕이면 정말로 백만 냥을 내놓을 기세였다.

'이 녀석이 백만 냥이라고? 동전 백 문이 아니라?'

노인의 의도가 새삼 더 궁금해졌다.

삼십만 냥…… 지금까진 그저 그를 곤란케 하기 위해 내건 조건이라고만 생각했었다. 한데 동전 백 문도 아까워 보이는 녀석에게 적어도 백만 냥의 가치가 있다고 한다.

정말로 백만 냥의 가치가 있는 것이라면 터무니없게만 보였던 대여비 삼천 냥이 결코 과한 것이 아니었다. 삼십만 냥의 내기 또한 그저 풍천을 넘겨주기 위한 핑계거리에 지나지 않았다. 그도 그럴 것이 백만 냥에 팔아서 삼십만 냥을 돌려줘도 그에겐 남는 장사인 것이다.

대체 무슨 의도였을까?

적어도 백만 냥의 가치가 있다는 영물을 어찌하여 일면

식도 없던 자신에게 준 것일까?
'그 노인의 정체는 또 대체 뭐고?'

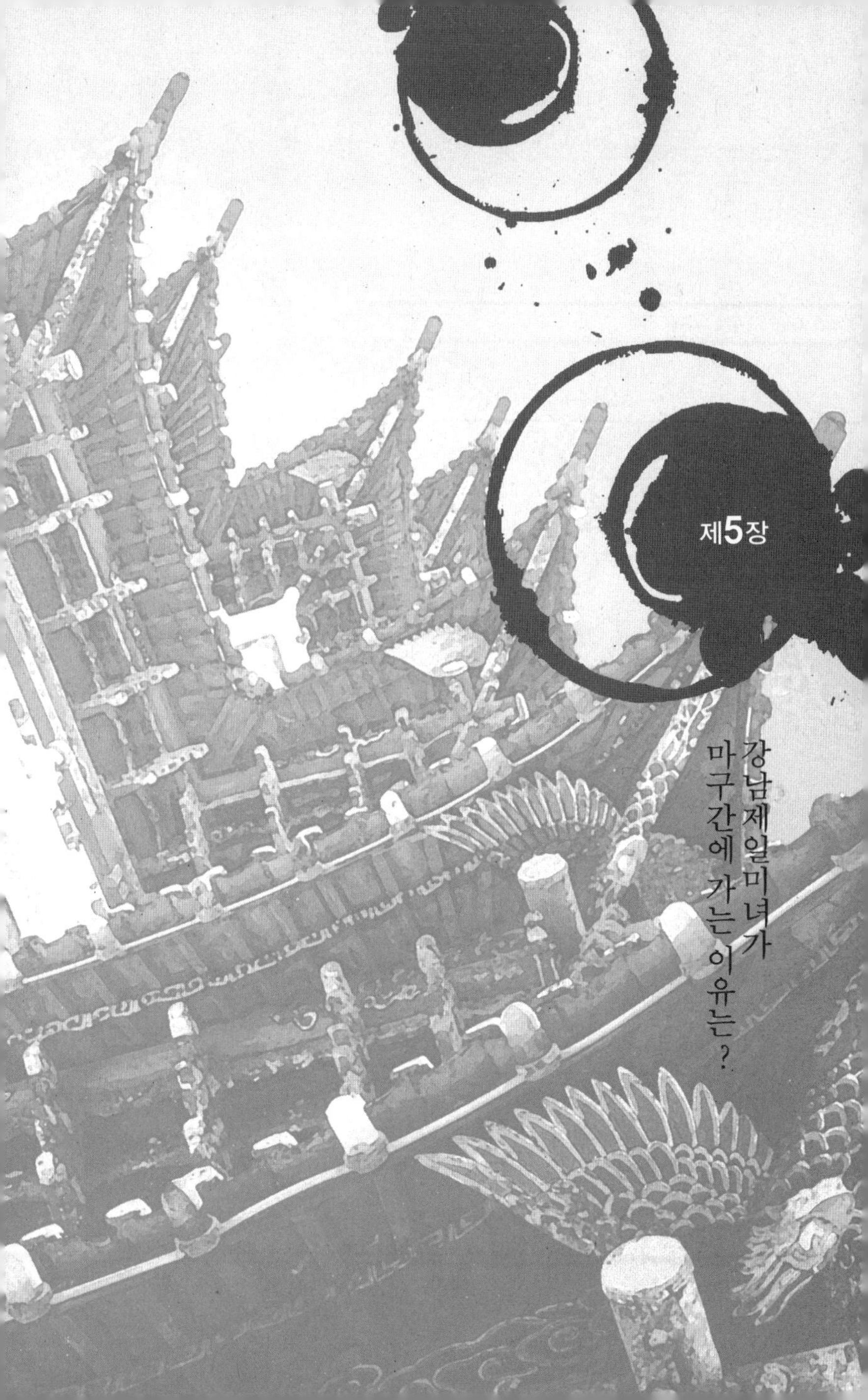

제5장

강남제일미녀가 마구간에 가는 이유는?

의문도, 의심도 부쩍 늘어나긴 했지만 어쨌거나 천풍도 물욕이 있는 사람이었다. 풍천이 그렇게 대단한 말이라는데 기분이 좋은 거야 당연했다.

전에는 그저 골칫덩이로만 생각했었다. 애물단지도 그런 애물단지가 없었다. 당연히 풍천을 대하는 태도도 시큰둥할 수밖에 없었다.

그러던 것이 스스로가 생각해도 간사하다 싶을 만큼 살뜰해졌다. 닷새고 열흘이고 방치해 두던 것이 풍천이 도려임을 알고부터는 누가 훔쳐가기라도 할까, 하루에만도 대여섯 번씩은 마사를 찾곤 했다.

오늘만 해도 아침나절에 이미 풍천을 보고 왔는데도 채

한 시진이 지나지 않은 지금 저도 모르게 다시 마사로 발길을 향하고 있다.

그렇게 풍천을 찾아가니 거기에는 그보다 먼저 온 손님이 있었다.

"오셨어요?"

취옥선이다.

반갑지도 새삼스럽지도 않다.

이러한 마주침이 한두 번이 아니다.

일상이다.

그날 이후로 오히려 천풍보다도 더 자주 마사를 들르는 그녀였다.

그녀의 말로는 백향을 보러 오는 것이라 하는데 정작 관심은 풍천에게만 쏟고 있으니 그다지 설득력은 없었다.

'사나흘 정도 있을 거라지 않았나?'

그러고 보면 황학루를 오래 비워 둘 수 없다며 사나흘 후에 돌아갈 것이라 했던 것이 벌써 열흘 전의 일이었다. 한데 열흘이 지난 지금도 도통 돌아갈 기미를 보이지 않는다. 매일같이 마사에 들러 하루 종일 풍천에게 붙어 있는 것을 보면 딱히 다른 일정이 있는 것도 아닌 것 같았다.

다른 일정보다는 오히려 다른 속셈이 있어 보였다.

혹시나 생길지 모르는 불상사를 대비해 백향과 풍천의 마사를 분리시키자고 했더니 극구 반대하던 것도 왠지 부

자연스러웠었다.

천풍의 짐작대로였다.

취옥선에겐 다른 속셈이 있었다.

원래의 계획은 처음에 말한 대로 길어야 나흘 일정이었다. 오가는 거리가 만만치 않은 탓에 이번 여정도 상당한 무리를 감수하고 일정을 잡은 것이었다.

황학루가 어디 촌구석 구멍가게도 아니고, 그녀가 하루만 자리를 비워도 타격이 상당한데 무려 보름이 넘었으니 그 피해야 말해 뭣하겠는가.

그럼에도 황학루가 뒷전이 되어 버린 것은 백향의 몸에 생각지 못한 변화가 생겼기 때문이다.

풍천을 만난 그날 이후 백향의 몸에 급격한 변화가 생기고 있었다. 그것은 발정의 조짐이었다. 이미 넉 달 전에 발정기를 넘겼는데도 때아닌 2차 발정이 시작되려 하고 있었다.

아마도 풍천 때문일 것이다. 강한 새끼를 잉태하고자 하는 본능이 백향의 몸에 변화를 일으킨 것이 틀림없었다.

그녀로서는 바라 마지않는 일이었다. 풍천이 정말로 도려가 맞다면 마다할 이유가 없었다. 백향의 그 같은 변화가 오히려 반갑기까지 했다.

한 달이었다.

그녀의 눈이 틀리지 않다면 필경 한 달 안에 2차 발정이 시작된다. 그리해 나흘 일정이 한 달로 바뀐 것이었다.

"혹시 도려가 왜 희귀한지 아시나요?"

취옥선의 뜬금없는 질문에 천풍이 의아히 그녀를 쳐다보았다.

"……?"

"본시 좋은 물건이란 희귀한 법이죠. 팔준 역시도 그렇죠. 녹이나 화류는 말할 것도 없고 산자나 거황만 해도 일찍이 한 번도 보질 못했으니까요. 하지만 그중에서도 도려는 특히 더 희귀해요. 산자나 거황은 그래도 어디에 누가 가지고 있더라는 소문이라도 들을 수 있었지만 도려는 그런 소문조차 없었으니까요. 그것도 지난 이백 년 동안이나요. 그만큼 희귀하고 그만큼 특별해요. 그리고 그만큼 희귀하고 특별한 이유는 도려가 일생에 걸쳐 단 한 번 짝짓기를 하기 때문이에요."

"짝짓기를 일생에 단 한 번밖에 안 한다고요?"

"예. 단 한 번 짝짓기를 해서 한 마리의 새끼만을 낳아요. 그 새끼가 사고로 죽거나 병들어 죽으면 그걸로 그 씨가 끊기는 거죠. 이미 멸종되었다고 알려진 것도 그래서고요. 그만큼 희귀할 수밖에 없으니까. 대신 암말이 어떤 종이든 간에 상관없이 그렇게 태어난 새끼는 반드시 도려의 혈통을 잇는다고 해요."

풍천이 그동안 암말 보기를 돌같이 했던 것도 그래서였

던 것일까? 운명의 상대를 못 만나서? 아니면 이미 그 한 번의 짝짓기를 끝내 버려서?

"이 아이는 아직 짝을 찾지 못했어요."

천풍의 생각을 알아챘는지 취옥선이 확언조로 말했다.

"어떻게 아십니까?"

"도려는 일생에 단 한 번 짝짓기를 하는 만큼 전과 후에 두 가지 분명한 징후를 가지고 있어요. 하나는 갈기가 흑색에서 은회색으로 바뀐다는 것이에요. 한데 이 아이의 갈기는 여전히 흑색을 띠고 있었잖아요."

그녀의 말대로 풍천 본래의 갈기 색은 흑색이었다. 만일 은회색으로 바뀌었다면 굳이 다시 흰색으로 염색해 놓지도 않았을 것이다.

"그럼 다른 하나의 징후는 뭐죠?"

"그건…… 도려가 일생에 단 한 번 짝짓기를 한다고는 하지만 그렇다고 고고한 학처럼 일편단심 지조를 지키는 성정은 아니에요. 일생에 단 한 번 짝짓기를 하는 것도 그저 습성일 뿐이지 상대에 대한 지고지순한 순정은 아니고요. 그러니까 단 한 번 짝짓기를 해서 씨를 뿌리고 나면 그 때부터는 본래의 성정이 나타난다는 거죠."

"본래의 성정이라면……?"

"천하에 그보다 더한 난봉꾼이 없다고 하더군요. 단지 씨만 뿌리지 않을 뿐이지."

"……."

"그러니까 만일 이미 짝짓기를 마쳤다면 백향을 두고 저처럼 돌 보듯 무심해하고 있진 않을 거라는 거예요."

참 괴이쩍기도 하다.

그럼에도 절로 고개가 끄덕여지는 것은 애당초 풍천이 지고지순이니 일편단심이니 하는 것과는 도무지 어울리지 않았기 때문이다.

'단 한 번 짝짓기를 해서 씨를 뿌리고 나면 그때부터는 천하의 난봉꾼이 될 거라는 말이지? 그간 쌓아 둔 것을 한풀이라도 하듯이?'

충분히 그러고도 남을 놈이다.

'고삐 풀린 망아지가 폭주까지 한다는 건데…….'

과연 감당할 수 있을까?

생각만 해도 벌써 골치가 지끈거린다.

'방법은 하나뿐이로군.'

일생에 단 한 번 한다는 짝짓기를 막는 것.

완전히 막을 수 없다면 최대한으로 늦추는 것.

그러자면 먼저 백향부터 떨어뜨려 놔야 했다.

'하지만…….'

천풍이 취옥선을 보았다.

그녀의 의도는 충분히 짐작할 수 있었다.

어렴풋하던 것이 방금 풍천의 습성을 전해 듣고 보니 이젠 확실해졌다.

밤낮 없이 마사를 찾는 이유도, 사나흘 일정이었던 것이 열흘이 넘도록 길어지는 이유도, 백향과 풍천의 마사를 분리하자는 것을 부득부득 반대한 이유도 결국은 하나로 귀결된다.

백향의 몸에 풍천의 씨를 받는 것.

하긴, 눈앞에 도려가 있고 도려의 습성을 알고 있으며 도려의 상대가 될 짝마저 가지고 있다면 그 같은 욕심이야 당연한 것일 수도 있다. 그래서 그녀의 견물생심을 굳이 비난하거나 탓할 생각은 없다. 아니, 탓은커녕 그녀의 바람을 최대한 돕고 싶은 게 솔직한 심정이다.

하지만 이것만큼은 도와줄 수가 없다.

발정 난 풍천만큼은 정말이지 보고 싶지가 않다. 취옥선에겐 미안한 일이지만 도려의 특성을 알게 된 지금은 오직 백향을 풍천에게서 떨어뜨려 놓아야겠다는 일념만이 머릿속에 가득했다.

단 하나 문제는 눈치로 보아하니 취옥선이 쉽사리 포기할 것 같지 않다는 것이다. 원하는 바를 이룰 때까지는 열흘 아니라 한 달이고 일 년이고 이곳에 죽치고 있을 것 같았다.

*　　*　　*

예상대로였다.

그로부터 한 달이 지났건만 취옥선은 여전히 무림맹에 머물러 있었다. 그리고 한 달 내내 마사에만 붙어 있었다.

'이거 참…….'

마사를 들렀다 오는 길이었다.

오늘도 여전히 그곳에는 취옥선이 있었다.

요 며칠간은 특히나 더했다.

백향의 발정기가 가까워졌음이 분명했다.

때문에 마사를 들렀다 오는 천풍의 안색이 그다지 좋지 못했다.

'결국 막을 수 없는 건가?'

요 근래 들어 백향을 대하는 풍천의 태도도 사뭇 달라져 있었다. 그 모습에선 도도한 시대의 흐름처럼 거스를 수 없는 자연의 섭리마저도 느껴졌다.

그럼에도 체념이 안 된다.

가능만 하다면 막고 싶다.

지금 이 순간에도 어떻게 하면 풍천을 백향과 취옥선의 마수로부터 떼어 놓을 수 있을지 그 궁리만으로 머릿속이 가득했다.

그런 천풍의 답답한 마음을 더욱 갑갑하게 하는 것은 주위의 반응이었다.

"오늘도 마사에 다녀오시는 길입니까?"

숙소로 돌아오자 그를 기다리고 있던 마등이 음충맞은 미소를 입가에 걸치고는 의미심장하게 물어 왔다.

천풍은 그저 한숨만 나올 따름이다.

그도 그럴 것이 저 음충맞은 웃음은 천풍과 취옥선에 대한 엉뚱하고도 짓궂은 오해에서 비롯된 것이기 때문이다.

비단 마등만이 아니다.

단화영과의 사이를 재밌어라 하며 떠들어 대던 사람들이 이제는 거기에 취옥선까지 곁들여서 마사 춘풍이니 마사 연정이니 하며 입방아를 찧어 대고 있었다.

그나마 단화영과의 소문을 한 번 겪어 본 덕분으로 전보다는 마음의 동요가 덜했지만 그래도 엊그제 마화로부터 들었던 '천하의 호색한'이라는 말은 상당한 충격으로 다가오기도 했다.

어쨌거나 천풍은 그런 사람들의 기대와 관심에 호응해 줄 뜻이 전혀 없었다. 호응은커녕 취옥선이 하루빨리 이곳을 떠나 주기를 간절히 바랄 뿐이었다.

한데 지성이면 감천이라 했던가?

취옥선과의 이별이 의외로 빨리 다가왔다. 하지만 그렇다고 취옥선이 무림맹을 떠나게 된 것은 아니었다. 무림맹을 떠나게 된 것은 오히려 천풍이었다. 그리고 하늘을 감동시킨 것 또한 천풍의 지극한 정성이 아니라 그저 어느 한

남자의 속 좁은 질투에서 비롯되었다.

퍽!

"으억!"

쿠당탕탕.

주루 안이 순식간에 아수라장이 되었다.

"한 번만 더 그 주둥아리를 함부로 놀렸다간 그때는 네 놈의 목을 벨 것이다!"

서슬이 퍼래서는 죽일 듯이 눈을 희번덕이는 사내가 씹어 뱉듯이 말했다.

살벌했다. 하지만 그런 살벌함과는 상관없이, 갑작스레 날아온 주먹에 정통으로 턱을 맞아 그 발밑에 나뒹굴고 있는 사내는 도무지 영문을 몰라 어리둥절해하고 있었다.

정말이지 왜 맞은 것인지 도무지 그 이유를 모르겠다.

아닌 밤중에 홍두깨도 유분수지, 도대체 왜 자신이 이런 봉변을 당해야 한단 말인가?

돌이켜 보면, 그는 그저 동료들과 어울려 한 잔 술에 고된 하루를 마무리하고 있었을 뿐이다. 물론 사내들이 모인 자리이니 만큼 요즘 한창 화제가 되고 있는 옥면신룡과 단화영, 취옥선 사이에 오가는 미묘한 애정 전선이 한 잔 술의 안주거리가 되기는 했다. 하지만 화산의 영애가 끼어 있는 만큼 한 잔 술의 안주거리라도 크게 모욕적인 언사가 있었거나 듣기 거북할 만큼 수위가 높았던 것은 아니었다.

어디까지나 가벼운 농지거리에 지나지 않았다. 단언하건대 그들 당사자들이 직접 들었다고 해도 크게 기분 나빠할 말들은 아니었다. 이 사내가 이처럼 광분할 이유가 하등 없는 것이다.

'대체 뭐냐고?'

난데없이 봉변을 당한 입장에서 그 이유조차 모르니 억울함과 답답함이야 이루 말할 수도 없을 지경이다. 성질 같아서는 당장 칼이라도 뽑아 들고 싶다. 그게 아니더라도 적어도 이유 정도는 묻고 싶다.

하지만 그러지 못했다.

칼을 뽑아 들기는커녕 따질 수도 대들 수도 없다.

무림맹 하급 무사의 처지에서 감히 그럴 수 있는 상대가 아니다.

아닌 밤중에 홍두깨가 되어 자신을 후려갈긴 이 사내가 현 무림맹 맹주 복마검 탁종도의 대제자 형산유룡(衡山儒龍) 위서량인 것이다.

사실 위서량이라고 사내의 억울함을 모르지는 않았다.

자신의 행동이 과했다는 것도 충분히 인지하고 있었다.

기껏해야 영웅호걸은 삼처사첩도 흉이 아니라느니, 그렇다면 단화영과 취옥선 중 처는 누가 되고 첩은 누가 될 것인가 하는 등의 무의미하고 하잘것없는 농지거리에 지나지 않았다.

한두 번 들었던 것도 아니었다.

한 귀로 듣고 한 귀로 흘려버려도 될 일이었다.

하지만 그러지 못했다.

오늘따라 유난히 더 귀에 거슬렸다.

오늘따라 유난스러웠던 것은 방금 전 의도치 않게 그 소문의 주인공들이 한데 어울려 시시덕거리는 장면을 목격한 때문이었다. 그 때문에 결국 쌓아만 두었던 분노가 이렇듯 억울한 희생자를 만들며 폭발한 것이다.

'젠장!'

순간 욱해서 주먹을 휘두르긴 했지만 스스로 생각해도 참 한심하기 그지없다.

속 좁은 질투도 모자라 이런 추태까지 보이다니 말이다.

그나마 지금 심히 억울하다는 눈빛으로 자신을 올려다보고 있는 사내나, 어리둥절히 그들을 보고 있는 주위 구경꾼들이나 자세한 속사정을 모르고 있기에 망정이지 그렇지 않았다면 앞으로 얼굴을 들고 다닐 수가 없을 정도로 창피했을 것이다.

하지만 그러한 자책도 잠깐, 인물됨이 편협하다 보니 그 모든 자책과 창피함은 이내 천풍에 대한 분노로 바뀐다.

'애당초 그 말 뼈다구 같은 놈만 없었으면…….'

모든 게 천풍 탓이다.

천풍만 없었으면 자신이 이처럼 격 떨어지는 짓을 하지도 않았을 것이고 이처럼 창피해하지도, 자책을 할 일도 없었을 것이다.

'그래, 애초에 그놈만 없었으면…….'

정말이지 존재 자체가 거슬려서 도무지 참을 수가 없다. 마음 같아서는 현천문이든 말 뼉다구든 무림맹에서 당장에 내쫓아 버리고 싶지만 아직은 그럴 만한 위치도, 명분도 없는 것이 그저 답답할 뿐이다.

그렇게 질투와 질시로 속앓이를 하던 어느 날이었다. 무림맹 총관 철사금장 홍유를 찾았다가 귀를 번쩍 뜨이게 하는 소식 하나를 들었다.

"드디어 놈들이 쥐구멍에서 나온 모양이다."

의례적으로 아침 문안차 총관실에 들른 참이었다.

다른 날과는 다른 분위기의 홍유였다. 어딘지 근심이 있는 듯하면서도 또 어딘지 흥분되어 있는 모습에 의아해하자 홍유가 그렇게 운을 뗐다.

위서량은 단박에 그 말귀를 알아들었다.

"흑지 비사천문이 다시 움직이기 시작한 것입니까?"

아니나 다를까 무겁게 고개를 끄덕이는 홍유다.

소림과 무당, 화산이 무림맹에 적극 협조할 것을 공표한 이후로 어쩐 일인지 잠잠하기만 하던 흑지 비사천문이다.

그 바람에 무림맹 내부에서는 그들의 도발을 기다릴 것 없이 먼저 선공을 하자는 의견들이 팽배해 있었다. 그만큼 무림맹은 사기가 충천해 있었지만 정작 무림맹주 탁종도는 신중론을 내세우며 공격 명령을 내리지 않았다.

이는 홍유의 뜻이기도 했다.

소림과 무당, 화산의 협조로 무림맹이 강해진 만큼 무림맹주 탁종도와 형산파의 위태롭던 입지 또한 그만큼 굳건해졌다.

원하던 바를 이루었으니 굳이 무리수를 둘 필요가 없다.

인정하기 싫지만 비사천문은 강했다.

무림맹이 굳건해졌다고 해도 승리를 장담할 순 없었다. 자칫 기세에 밀려 무리한 공격을 감행했다가 서전에서 참패를 당하기라도 한다면 무림맹은 다시 사분오열되어 그간의 노력이 모두 허사가 되어 버릴 수도 있었다.

그래서 신중론을 내세우며 내실을 다지는 데만 힘을 쏟았던 것인데, 그에 흑지 비사천문에서 움직인 것이다.

"지난밤 남녕(南寧)에서 전투가 있었다는구나."

홍유의 말에 위서량의 표정이 심각히 굳었다.

남녕이라면 중경의 성도다. 그리고 중경은 중원 무림 최후의 보루이자 가장 중요한 전략적 요충지다. 중경을 잃으면 무림맹은 알몸으로 적의 창칼에 맞서야 할 형국이었다.

"전황은 어떻습니까?"

"그리 큰 전투는 아니었다. 서로의 힘을 가늠해 본 정도였지."

"하나, 안심할 수 있는 상황은 아니지 않습니까?"

"그렇지. 어디까지나 전초전의 의미라고 본다면 그동안 잠잠했던 만큼 다음에 밀려오는 파도는 또한 그만큼 사납고 거셀 것이야."

그래서 걱정이 되는 것이다.

물론 두려운 것은 아니다.

소림의 사대금강과 십팔나한을 비롯해 구대문파의 정예들은 물론이고 신승 혜광과 진현, 화산일룡 도진 등 무림의 미래이자 무림 최고의 인재들이 중경을 지키고 있다. 예전처럼 호락호락 당하는 일은 없을 것이다.

다만, 그럼에도 일말의 불안을 떨치지 못하는 것은 흑지비사천문의 힘을 지금까지도 제대로 파악 못 하고 있기 때문이다.

홍유의 불안은 위서량에게로 고스란히 전해졌다.

순간, 위서량의 뇌리에 어떤 생각이 뇌전처럼 번쩍하고 스쳐 지나갔다.

그것은 작금의 긴박한 상황에 대한 타개책이 아니었다.

그 순간 위서량의 뇌리를 스쳐 간 것은 그런 대승적인 차원의 것이 아니라 편협한 인물 됨됨이만큼이나 지극히 개인적이고 이기적인 것이었다.

"충원이 필요하지 않겠습니까?"

그렇게 묻는 위서량의 눈에 무언가 의미심장한 빛이 스쳤다. 하지만 그런 위서량의 의미심장함과는 달리 홍유는 그다지 탐탁지 않아 하는 기색이었다.

"충원은 필요 없다. 중원 무림의 정예가 지키고 있는 곳이다. 제아무리 놈들의 세가 강하다 해도 감히 중경을 넘지는 못할 것이다."

"하나, 만에 하나의 경우도 생각해야 하지 않습니까? 무엇보다 중경이 무너지는 것은 곧 무림맹이 무너진다는 것이고 이는 또한 중원 무림이 생사존망의 위기에 처한다는 뜻이 아닙니까? 백 번을 방비하고 천 번을 준비해도 안심하면 안 되는 것이 작금의 상황이 아닙니까?"

"흠……."

홍유의 눈에 고민의 빛이 어렸다.

일리가 있다.

위서량의 말대로 백 번을 방비하고 천 번을 준비해도 안심할 수 없는 것이 작금의 현실이었고 지금껏 겪어 본 흑지비사천문의 힘이었다.

"하나……."

일리는 있지만 여건이 여의치가 않다.

"누구를 보낸단 말이냐? 놈들의 도발이 시작된 이상 어느 곳도 안전지대는 아니지 않느냐?"

더없이 크고 넓은 중원이다. 무림맹의 규모가 전과는 비할 바가 아니라고 해도 인원이 남아돌 만큼 여유가 있지는 않았다. 유용가능한 인원은 이미 각자 맡은 구역에서 맡은 바 소임을 다하고 있었다. 함부로 이동을 시켰다가는 엉뚱한 곳에서 구멍이 뚫릴 수도 있었다.

"충원을 하려 해도 마땅히 사람이 있어야 하는 법이거늘……."

"왜 사람이 없다 하십니까?"

"하면 달리 누가 있단 말이냐?"

"이곳 총단에만 해도 하릴없이 놀고먹으면서 밥이나 축내고 있는 자들이 부지기수가 아닙니까?"

"밥이나 축내고 있는 자들이 부지기수라니?"

이해할 수 없다는 듯 의아히 위서량을 보던 홍유가 뭔가를 생각해 내고는 이내 눈살을 찌푸렸다.

"지금 네가 말한 밥이나 축내는 자들이란 것이 혹시……현천문을 말하는 것이냐?"

이곳 총단에서 하릴없이 놀고먹고 있는 자들이라면 현천문도밖에는 딱히 떠오르는 자들이 없었다.

아니나 다를까 고개를 끄덕이는 위서량이다.

홍유의 찌푸려진 눈살이 더욱 구겨졌다.

"그런 중요한 곳에 그런 오합지졸들을 보내라는 말이냐?"

"오합지졸이라고 해도 그 수가 무려 3천입니다. 분명 큰 힘이 될 것입니다."

위서량이 확신에 차서 말했지만 홍유의 귀에는 전혀 와 닿지 않았다.

그도 그럴 것이 여러 등살에 못 이겨 현천문을 무림맹으로 끌어들이긴 했지만 홍유는 여전히 그들을 인정하지 않았다. 도진은 물론이고 무당 장문인 해천마저 신경을 쓰는 듯하기에 정말로 뭔가 대단한 구석이라도 있는 것이 아닌가 하는 생각도 했었지만 직접 옆에 두고 관찰해 본 결과 대단한 구석은커녕 일말의 관심도 아깝다는 것이 그가 얻은 결론이었다.

그래서 무림맹 밖에다 현천문을 밀어 두고 지금껏 아예 신경을 끊고 있었던 것인데 그 잊고 있던 이름을 위서량이 꺼낸 것이다.

당연히 달갑지 않았다. 납득도 안 된다. 개인적인 감정을 떠나서 어디까지나 오합지졸이다. 아무리 그 인원이 삼천이나 된다고 해도 그것이 오합지졸인 바에야 오히려 방해만 될 뿐이다. 더구나 무림의 정예 중에서도 최상위 정예들이 포진되어 있는 남녕이 아닌가 말이다.

그럼에도 홍유는 위서량의 의견을 단박에 물리치지 않았다.

'아니…… 차라리 그 편이 나을지도……?'

신경을 끊었다곤 해도 워낙에 많은 인원이었다. 발길에 차이는 것이 현천문 문도였다. 행색이라도 괜찮으면 모를까, 무림맹 문도로서의 품위는 땅에다 처박고 사는 그들이니 볼 때마다 눈에 가시처럼 거슬리는 것이 사실이었다.

어차피 언젠가는 쫓아내리라 마음을 먹고 있던 차였다.

혹여라도 무당 장문인 해천의 심기를 불편케 할까 싶어 무림맹에서 내칠 명분만 찾고 있던 참이었다.

그러던 참에 위서량이 그 명분이란 것을 가져다준 것이다.

'그래, 나쁘지 않아.'

홍유의 표정 변화를 살피던 위서량이 기대에 찬 눈빛으로 물었다.

"현천문을 남녕으로 보내시겠습니까?"

"그래, 그러는 것도 나쁘지는 않겠어. 그리고 이왕 보내는 거라면 한시라도 빠른 것이 좋겠지."

홍유의 말에 기대에 찼던 위서량의 눈빛이 득의로 바뀌었다.

'좋아, 이제 그 말 뼉다구 같은 놈 면상을 더는 보지 않아도 되겠어. 이참에 비사천문 놈들한테 도륙이라도 당해주면 더 바랄 게 없겠는데…….'

무엇보다 기분이 좋은 것은 단화영과 천풍을 떨어뜨려 놓을 수가 있게 되었다는 사실이다.

도무지 눈꼴셔서 볼 수가 없던 그들 사이를 드디어 갈라놓게 된 것이다.

'그러니 이 아니 통쾌할쏘냐!'

홍유의 앞만 아니라도 정말이지 박장대소라도 하고 싶은 심정이었다.

하지만 자고라 모사재인이요 성사재천이라 했다.

일은 사람이 하지만 그것을 이루는 것은 하늘이라 하지 않던가. 안타깝게도 하늘은 그의 편이 아닌 모양이었다.

"화산일검향이 왜 남녕에 간단 말입니까?"

눈엣가시 같은 천풍을 그렇게 전장의 한복판으로 밀어 넣고 혼자 득의양양해하기를 불과 하루 만이었다.

청천벽력과도 같은 소식이 들려왔다.

남녕으로 보내는 충원 명단에 난데없이 단화영이 끼어 있었던 것이다.

"화산 장문인의 일점혈육을 어찌 그런 위험한 곳에 보낸단 말입니까?"

도진을 포함한 화산의 정예가 중경을 지키고 있는 중에도 단화영만은 이곳 총단에 머물러 있었던 것은 화산 장문인에 대한 배려였다.

아무리 칼끝에 죽음을 매달고 살아가는 것이 무인이라지만, 그래서 목숨을 초개와 같이 여긴다지만 그래도 눈에 넣어도 아프지 않을 딸자식의 안위에 관해서 만큼은 냉정해질 수 없는 것이 또한 부정(父情)이다.

이를 알기에 단화영을 무림맹의 울타리 안에 안전히 두었던 것인데 왜 갑자기, 그것도 일촉즉발의 위험이 도사리고 있는 그 살벌한 전장에 내보낸단 말인가?

"그 아이의 뜻이 워낙에 강고한 것을 어찌하겠느냐?"

"그럼 그녀가 스스로 자원을 했다는 말씀입니까?"

"그게 아니라면 내가 이런 결정을 했을 리가 없지 않느냐. 네 말대로 화산 장문인의 일점혈육일진대."

울컥 속에서 뜨거운 것이 치밀어 올랐다.

그녀가 자원을 한 이유야 뻔했다.

천풍이 간다고 하니 따라나서기로 한 것이다.

'이것이 사내놈한테 빠져서는 전장이고 뭐고 상관없다 이거야?'

아주 열녀가 났다.

'젠장! 뭐가 이따위야!'

속이 뒤집힌다.

어떻게든 떼어 놓으려고 수를 쓴 것인데 이렇게 되면 오히려 둘을 더 붙여 놓은 꼴이다. 남녕까지의 여정 동안 둘 사이에 무슨 일이 벌어질지 누가 알겠는가? 전장에서 사랑의 싹이라도 틔우면 그땐 또 어쩌란 말인가?

'이건 마치 내가 매파라도 된 것 같잖아?'

절대로 그런 일이 벌어지도록 두고 볼 수 없다.

"저도 가겠습니다!"

"뭐?"

"저도 남녕에 가겠습니다!"

절대로 연놈들 단둘이만 있도록 두지 않을 것이다.

이렇게 된 이상 그도 같이 가는 수밖에 없다.

"당치도 않은 말이다!"

하지만 홍유는 단호히 고개를 내저었다.

"너는 무림맹 이전에 대형산파의 장문제자다. 네 그 어깨에 형산의 미래를 짊어지고 있거늘 어찌 그 위험한 중경으로 보낸단 말이냐? 이는 장문인께서도 허락지 않으실 것이다."

"이미 소림과 무당파의 정예들이 모두 가 있는 상황이 아닙니까? 하물며 화산 장문인의 일점혈육까지 자원을 하는 마당에 정작 형산파에서만 나 몰라라 뒷짐만 지고 있다면 과연 누가 우리를 무림의 영도자로 인정하겠습니까? 그리고 무엇보다 소질은 제 한 몸 건사도 못 할 만큼 모자란 인사가 아닙니다."

"흠……."

위서량의 말이 틀린 말은 아니다. 화산 장문인의 일점혈육까지 무림을 위해 전장으로 나서겠다는데 현 무림맹주의 사문인 형산파에서 뒷짐만 지고 있다면 체면이 서지 않는 일이다. 하지만 홍유는 그저 위서량의 완강한 태도가 의아하기만 했다.

오래도록 곁에서 지켜봐 온 사질이었다.

장문인의 대제자라는 것과 무공에 대한 재능이 다른 제자들에 비해 뛰어나다는 것뿐, 사실 그 인물됨은 형산을 이끌어 가기에는 많이 부족한 아이였다.

그저 형산의 미래이자 얼굴이기에 약삭빠름을 영리함으로, 편협함을 현명함으로 애써 포장을 한 것일 뿐이었다.

적어도 그가 아는 위서량은 결코 사문을 위해서 목숨을 걸고 의기를 높일 인물은 아니었던 것이다.

그런 사질의 이 같은 변화된 모습을 보자니 그래도 아끼는 사문의 제자랍시고 의아함은 잠깐이고 대견한 생각이 들었다.

'이 아이도 이젠 철이 드는 게로군.'

위서량의 그릇을 어쩌면 자신이 여태껏 잘못 판단하고 있었는지도 모른다.

'하긴 사내의 진정한 그릇은 태평성대에선 잘 드러나지 않는 법이니까.'

난세가 영웅을 부른다지 않던가.

위서량의 불순한 의도를 그렇게 완벽히 오해하고는 흡족해하는 홍유다.

"좋다. 네 뜻이 진정으로 그러하다면 이번 증원군에 합류하거라. 하나, 대형산파의 이름을 그 어깨에 짊어지고 가는 것인 만큼 어떠한 상황에서도 형산의 이름에 부끄럽지 않게 행동해야 할 것이다!"

"결단코 실망시켜 드리는 일은 없을 것입니다!"

어디까지나 대비 차원에서의 증원군은 그렇게 해서 3천의 현천문에 화산과 형산의 지원까지 더해져 규모나 체계면에서 이미 그 자체로 하나의 군대가 되어 출정길에 오르게 되었다.

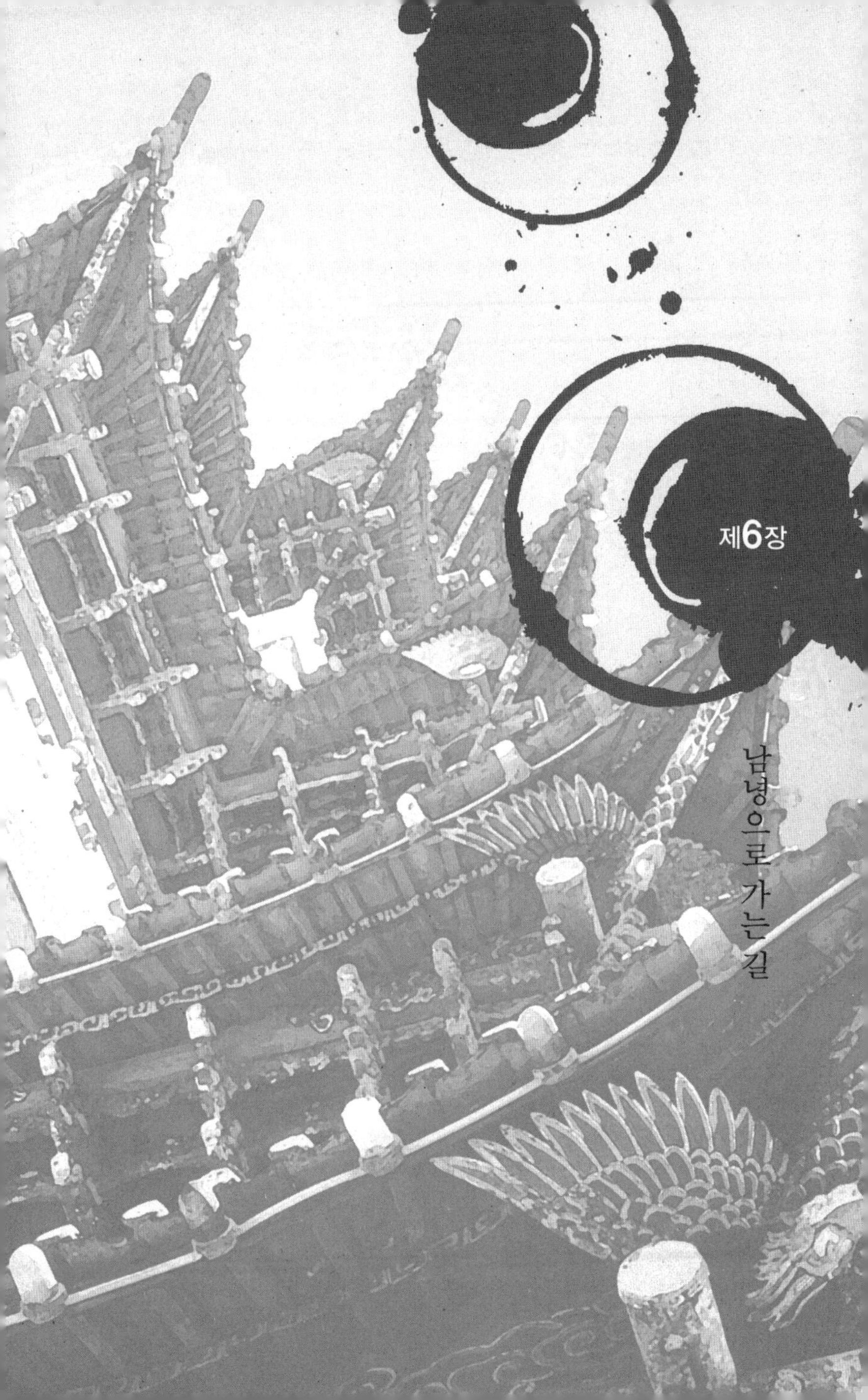

제6장

남녕으로 가는 길

천극의 서

'결국은 피할 수 없는 건가?'

천풍은 한숨을 푹 내쉬었다.

좋았던 시절은 다 끝나 버렸다.

애당초 평온한 나날이 계속될 거라고는 생각지 않았지만 막상 출전 명령이 떨어지고 보니 마음이 착잡했다.

마음 같아서는 어떻게든 거부하고 싶었다.

하지만 어차피 다시 재개된 전쟁이었다.

앞으로 무림 전역이 본격적인 전쟁터가 될 텐데 잠시 피하고 거부한다고 될 일이 아니었다. 무엇보다 현천문 문도들이 너무 기대에 부풀어 있었다.

드디어 현천문의 힘을 세상에 알릴 때가 왔다.

그동안 현천문을 무시하고 괄시했던 자들에게 현천문이 얼마나 강한지, 자신들이 그저 한낱 삼류 쓰레기가 아님을 만천하에 보여 줄 것이다.

노골적인 멸시와 박대를 오래도록 참아 왔던 만큼 출전의 기쁨과 넘쳐 나는 기대는 더 이상 막을 수 있는 정도의 것이 아니었다. 여기서 더 억눌렀다가는 그간의 울분이 어디서 어떻게 폭발할지 모르는 일이었다.

그리해 결국 출전의 명을 받들어 오늘의 출정식에 이른 것이지만 역시 피와 죽음이 넘쳐 나는 전장으로의 출정이 못내 내키지가 않는 천풍이었다.

"문주님. 준비가 되셨습니까?"

밖에서 재촉하는 마립의 목소리가 들려왔다.

내키지 않는 만큼 내딛는 걸음은 무거웠다.

그렇게 밖으로 나가 보니 도원부 밖에는 이미 출정식 준비가 거의 끝나 있었다.

그야말로 장관이었다.

화산과 형산의 삼백 제자들이 가장 앞 열에 서서 번뜩이는 눈을 빛내고 있었고 그 뒤로 삼천의 현천문도들이 창검을 가지런히 들고 줄을 맞춰 서 있었다.

단지 서 있는 것뿐이었지만 그것만으로도 장관이었다. 마지못한 출정인데도 막상 그런 장엄한 광경을 보니 가슴이 뛴다.

다만 눈에 거슬리는 것은 자리 배치였다.

무림맹에선 각 문파의 위계만 있을 뿐 문파 간, 문도 간 상하위 계급은 없었다. 한데 도열한 위치를 보면 마치 현천문의 3천 문도들이 형산과 화산의 수하처럼 보이게끔 자리가 배치되어 있었다.

현천문의 문주로서 기분이 좋을 리 없다.

하지만 그런 것에는 이미 익숙해져서인지, 아니면 그냥 별생각이 없어서인지 정작 현천문 3천 문도들은 그런 것에 전혀 신경을 쓰지 않는 눈치였다. 그저 지금의 분위기에 한껏 도취되어서는 들뜬 기대와 긴장만을 보일 뿐이다.

자존심은 고사하고 앞 열에 있는 형산의 제자들 중 하나가 손이라도 치켜든다면 그에 맞춰서 함성이라도 질러 댈 것만 같은 분위기였다.

"쩝. 자신들을 무시한다고 그렇게도 분에 겨워할 때는 언제고……."

"예?"

괜히 심통이 나서 중얼거리는 말에 마립이 의아해한다.

천풍은 별거 아니라는 듯 손사래를 치고는 형산과 화산의 뒤 열, 현천문 삼천 문도들의 가장 앞 열에 마련된 자신의 자리로 향했다.

거기에는 풍천이 있었다. 좌우로 마등과 마화도 말에 올라 먼저 자리를 잡고 있었다.

천풍은 이내 풍천의 등에 올라탔다.

그러고 얼마간 기다리자 도열 앞 단상으로 오른 무림맹주 복마검 탁종도가 일장 연설을 시작했다.

사실 무림맹주 탁종도를 이렇게 가까이서 보는 것은 처음이었다.

가까이서 보게된 탁종도는 의외로 영웅건이 멋들어지게 잘 어울리는 문사풍의 모습이었다. 비단 외모만이 아니었다. 언변마저도 지나치게 문사스럽다.

내뱉는 단어들은 고상하기보다는 어려웠고 그 연설이란 것은 또 어찌나 긴지 장장 반 시진이 넘어가도록 계속해서 이어지고 있었다.

지루했다.

들뜬 흥분과 가슴 떨리는 기대와 기분 좋은 긴장감으로 이글거리던 맹도들의 눈빛에도 차츰 따분함이 들어차기 시작했다. 심지어 어떤 이들은 이미 닭 모가지가 되어서는 꾸벅꾸벅 졸고 있기까지 했다. 아니, 어떤 이들이라고 할 것도 없었다. 바로 옆의 마등만 해도 드르렁드르렁 코까지 골고 있으니 말이다.

'이러다 출정을 하기도 전에 사기 다 떨어지겠네.'

시종일관 지루하게 이어지던 탁종도의 연설은 그렇게 다시 반 시진 정도가 더 흐르고서야 끝이 났다.

"나는 그대들 의혈단(義血團)이 혹지 비사천문 그 무도한 자들을 철저히 응징해 중원 무림의 힘을 만천하게 보여 줄 것이라 믿어 의심치 않소이다!"

그나마 마지막 한마디는 그래도 조금은 뜨거웠다. 물론 뒤이어 터진 우레와 같은 박수 소리는 그 한마디의 뜨거움보다는 그저 지루한 연설이 드디어 끝이 났다는 해방감에서 비롯된 것이었지만 말이다.

"의혈단! 출발!"

위서량을 필두로 이백여 명의 형산파 제자가 먼저 앞장을 서고 백여 명의 화산파 제자들이 그 뒤를 따랐다. 그리고 현천문 삼천 문도들이 행렬의 말석을 차지한 채 그렇게 의혈단으로 명명된 증원군이 출정길에 올랐다.

거리에는 이미 많은 사람들이 길가에 길게 늘어서 있었다. 무림맹의 맹도들만이 아니었다. 인근 마을의 촌민들까지도 모두 나와서 함성과 박수로 그들을 배웅해 주고 있었다.

무림맹주의 지루하고 따분한 연설로 인해 축 처졌던 분위기가 촌민들의 그처럼 뜨거운 배웅에 다시 한껏 달아올랐다.

천풍마저도 뭔가 우쭐해지는 기분이었다. 이 사람들을 위해서라도 반드시 흑지 비사천문을 이 땅에서 몰아내야 되겠다는 사명감까지 생겨나는 것 같았다.

천풍이 그럴진대 다른 사람들이야 오죽할까.

분위기에 한껏 고취되어서는 손을 흔들거나 휘파람을 불어 사람들의 응원에 화답을 주곤 했다.

그때 작고 왜소한 인형 하나가 인파를 비집고 나오는 것이 천풍의 시야에 잡혔다.

그 많은 인파 속에서 유독 그 하나의 인형이 눈에 들어온 것은 그 인형이 바로 취옥선이었기 때문이었다.

취옥선의 등장에 시야가 다 환해지는 느낌이었다.

그건 비단 천풍만의 느낌은 아닌 모양이었다.

주위 뜨겁게 환호하던 사람들이 남녀노소 할 것 없이 일순 꿀 먹은 벙어리가 되어 취옥선의 얼굴에 모든 시선을 고정시켰다.

'역시 명불허전 강남제일미라는 건가?'

취옥선의 미모가 얼마나 아름다운지 새삼 깨닫게 된다.

하긴, 천풍도 처음 취옥선을 보았을 때 세상이 정지되는 듯한 충격을 받지 않았던가.

그렇게 순간의 정적을 만들어 내며 등장한 취옥선이 천풍의 옆을 따라 걸었다. 대열이 아닌 인파 속을 걷는 것이었지만 파도가 갈라지듯 그녀의 앞을 막아서는 사람은 아무도 없었다.

"문주께서 이렇게 급히 떠나실 줄 알았다면 그렇게 문주님을 곤란케 해 드리지는 않았을 텐데 말이에요. 그간 무례

했던 점 너그러이 용서해 주세요."

매일같이 마구간으로 출근하며 천풍을 귀찮게 했던 것에 대한 사과인 모양이었다. 하지만 그녀의 표정은 그다지 미안해하는 얼굴이 아니었다. 오히려 그녀의 얼굴에는 아쉬움과 미련만 가득했다.

천풍은 그저 씁쓸히 웃을 수밖에 없었다.

"사실 마음 같아서는 다 내팽개치고 이대로 문주님을 따라가고 싶은 것이 솔직한 심정이에요."

그녀가 비록 화산의 속가제자라고는 하나 어디까지나 주루를 운영하며 술과 웃음을 파는 장사치였다. 이번 여정은 그녀가 낄 자리가 아니었다.

"화산을 떠난 것을 후회한 적이 한 번도 없었는데 오늘만큼은 조금 후회가 되네요."

진심이 느껴졌다. 그래서 그녀의 힘없는 미소에 살짝 두근거리기도 했다.

하지만 그녀의 진심이 자신을 향한 것일 리가 없다. 지금껏 그녀가 보여 준 행동을 보자면 풍천의 씨를 받지 못한 것에 대한 진한 아쉬움일 것이 분명했다.

그런 생각에 천풍은 이번에도 대답 없이 씁쓸히 웃었다.

그렇게 둘 사이가 조금 어색해진 순간이었다.

"두 분 참 애틋도 하네요."

행렬의 앞에서 앞서 가던 단화영이 어느새 천풍의 옆에

붙으며 입술을 삐죽였다.

"옆에서 보고 있기가 안타까울 지경이네요. 사저, 이런데도 아무 사이 아니라고 발뺌하실 거예요?"

"그러는 사매야말로 왜 그렇게 문주님과 날 엮지 못해 안달인 거니? 정말로 나와 문주님이 무슨 사이였으면 하고 바라는 거야? 아니면 무슨 사이가 아니기를 바라는 거야? 뭐, 내 보기엔 후자인 것 같지만……."

"그게 무슨 뜻이에요?"

"무슨 뜻인지는 사매가 더 잘 알 것 같은데?"

"설마 사저는 아직도 내가 이딴 하잘것없는 사내에게 연정이라도 품고 있다고 생각하시는 거예요?"

"아냐?"

"당연히 아니죠!"

"연정은 아니라 해도 신경을 쓰는 것은 맞잖아?"

"그러니까 그건 이자한테 얻어야 할 것이 있어서 그런 것뿐이에요!"

"그럼 문주님을 쫓아 이번 의협단에 지원한 것도 그 때문이고?"

"그럼요! 아, 아니! 쫓아가는 게 아니라 이건 어디까지나 위급에 처한 중원 무림의 안위를 위해서………."

"그래그래, 어디까지나 중원 무림을 위한 충정일 테지. 설마하니 화산일검향이 한낱 남정네를 쫓아다닌다는 게 어디 말이나 될 법한 일이겠어? 안 그래, 사매?"

놀리듯 던지는 말의 끝에는 '푸훗'이라는 의도적인 실소까지 더해졌다.

단화영의 얼굴이 붉으락푸르락해진다.

취옥선의 놀림에 어지간히도 분한 모양이었다. 그럼에도 더는 반박 못 하는 것은 창피하게도 한낱 남정네를 쫓아 이번 의혈단에 지원을 한 것이 사실이었기 때문이다.

"후후. 아영 사매는 예나 지금이나 어찌 그리 한결같은지……."

"지금 저 어리다고 놀리시는 거죠?"

"아냐, 칭찬이야. 정말로 부러워서 하는 말이야. 사매는 사매 자신한테 언제나 솔직하니까."

"흥, 그럼 사저는 자신한테 안 솔직하다는 거예요?"

"내가 만일 나 자신한테 솔직할 수 있었다면 나도 지금쯤 이 행렬 속에 있었겠지."

"그거야 사저가 이제 무림인이 아닌 때문인 거지, 솔직한 거랑 무슨 상관이에요?"

단화영의 의아해하는 말에 취옥선이 슬쩍 천풍을 보며 씁쓸히 웃었다. 하지만 천풍은 미처 그 시선을 보지 못했다. 때마침 위서량이 행렬의 속도를 높였기 때문이다.

단화영에 취옥선까지, 어디 산천유람이라도 나온 듯이 미녀들을 옆에 끼고 유유자적해 있는 천풍의 모습이 꼴 보기 싫었던 것이다.

그 바람에 취옥선과는 급히 작별을 고할 수밖에 없었다.

"부디 무탈하고 무사하시라는 말씀밖에는 드릴 말씀이 없네요."

"폐가 안 된다면 언제고 기회가 닿는 대로 황학루에 들러 루주께 다시 인사를 드리겠습니다."

"폐라니요? 문주께서 저희 황학루를 찾아 주신다면 그야말로 무한한 영광이지요. 후일 문주께서 저희 루를 찾아 주시면 그때는 이곳에서의 무례를 곱절하여 만회할 것이니 모쪼록 근시일 내에 문주님을 뵐 수 있었으면 좋겠네요."

취옥선의 눈빛은 잔잔했다. 이렇다 할 감정이 느껴지지 않았다. 그런데도 왠지 보고 있노라면 가슴에 바람이 분다. 그래서인지 접대용 화술일 거라 생각을 하는데도 연인의 속삭임처럼 귓가를 기분 좋게 간질인다.

헤어짐이란 것이 원래 이런 것일까?

빨라진 행렬에 그녀와의 거리가 차츰 멀어지는 것이 못내 서운했다. 그녀의 화사한 얼굴에서 좀처럼 눈을 뗄 수도 없다.

"흥! 눈꼴셔서 못 봐 주겠네."

천풍이 그 같은 감흥에 젖어 있자 단화영이 신경질적으로 콧방귀를 뀌고는 앞 열 화산파의 제자들이 있는 원래의 대열 속으로 들어가 버렸다.

그제야 천풍도 자신의 주책을 깨닫고는 취옥선에게서 눈길을 거두었다. 아니, 어차피 그때는 거리가 까마득히 멀어진 후라 취옥선의 화사한 얼굴이 시야에 닿지도 않았다. 자연스레 천풍의 가슴에 휘돌던 바람도 멈췄다.

'열 여자 마다할 사내 없다더니…… 내가 딱 그 짝이군.'

추노향과의 유대감이나 취옥선에 대한 설렘도 설렘이지만 단화영의 질투마저 그리 싫지가 않으니 말이다.

*　　*　　*

어쨌든 지난 사흘, 남녕으로의 여정은 순탄했다.

대규모 행렬이다 보니 이동 속도는 더뎠지만 큰 사고나 말썽은 없었다. 다만 현천문 문도들의 표정은 날이 갈수록 어두워지고 있다는 게 문제라면 문제였다.

사흘의 여정 동안, 출정식에서 보였던 그 희망에 부풀었던 표정은 온데간데없이 사라지고 거기에는 온통 불만들만 가득했다.

"우리가 무슨 쟁자수도 아니고, 왜 형산파 놈들의 짐까지 우리가 들어야 하냔 말입니다."

비단 짐뿐만이 아니다. 마치 주루의 점소이 부리듯 자잘한 심부름까지 시켜 대기 일쑤였다.

애당초 딱 잘라 거절했어야 했다.

짐들이 단출한 현천문 문도들에 비해 하나같이 온갖 것들을 바리바리 싸 들고 온 형산파였다. 워낙에 짐이 많아서 몇 안 되는 짐꾼들로는 부족해 보였고, 그래서 앞으로 생사고락을 같이할 전우의 입장에서 좋은 마음으로 짐 몇 개를 나눠 들었었는데 기다리기나 했다는 듯이 그때부터 아예 대놓고 짐꾼 취급하며 막 부려 먹는다.

천풍에 대한 위서량의 좋지 않은 감정 때문만은 아니었다. 물론 어느 정도 위서량의 영향이 없지는 않겠지만 무엇보다 그들이 태생부터가 남을 부리는 데 익숙한 때문이다.

화산의 제자들도 다를 것이 없었다. 단화영과 천풍이 남다른 관계를 보이고 있어 형산파만큼 노골적이진 않지만 개중에는 자신들의 짐을 아무렇지 않게 현천문에 내맡기는 자들이 있었다.

성질 같아서는 그렇게 내맡겨진 짐들을 그들의 면상에다가 집어 던져 주고 싶은 마음이 굴뚝같았다.

하지만 어디까지나 마음만 그럴 뿐 행동으로 옮길 용기는 없었다. 이번 의혈단의 통솔자는 위서량이었다. 총책임자이자 결정권자 또한 위서량이었다. 그것은 남녕에 가서도 마찬가지였다.

괜히 이런 사소한 일로 문제를 일으켰다가는 자칫 도원부로 다시 내쫓길 수도 있었다. 그리되면 지금까지 품었던 부푼 꿈과 희망이 모두 한낱 일장춘몽이 될 수도 있었다.

그들로서는 그저 분을 삼키며 참는 것 말고는 달리 방법이 없었다.

그렇게 현천문 문도들이 말 못 할 서러움에 속앓이를 하고 있는데도 정작 천풍은 도통 무심하기만 했다. 천풍의 미온적인 태도에 현천문 문도들이 더러 섭섭함을 드러내기도 하고 불만을 터트리기도 했지만 오직 자신만의 세계에 빠져서 다른 일에는 일절 신경을 쓰지 않고 있었다.

사흘의 여정 끝에 의창(宜昌)에 이르러 인근 객잔에 숙박을 하기로 한 지금도 마찬가지였다. 행장을 풀자마자 쏟아지는 마등의 불만을 듣는 둥 마는 둥 하고는 서둘러 밖으로 나갔다.

그길로 천풍이 향한 곳은 인적이 없는 뒷산 어귀였다.

비교적 평평한 곳을 찾아 자리를 잡았다.

천극신공을 위해서였다.

출정길에 오른 후 한순간도 천극신공을 놓아 본 적이 없었다.

짬짬이 쉬는 틈새는 물론이고 풍천의 등에 올라서도 오직 천극신공만을 생각했다.

지금 천풍은 그야말로 천극신공의 재미에 푹 빠져 있었다. 물론 도원부에서도 천극신공을 만드는 일을 게을리 하지는 않았지만 넓은 세상으로 나와 기분 전환을 하고 나니 보다 시야가 넓어지고 머리가 잘 돌아가는 느낌이었다.

실상 도원부에서보다 여유 시간이 그리 넉넉한 상황도 아니었고 천극신공에 할애할 수 있는 시간도 그때와 비교하면 턱없이 부족했지만 오히려 그래서 더 집중할 수 있었다.

그야말로 일취월장이었다.

출정 직전만 하더라도 하나를 조합하는 데 무려 나흘이나 걸렸었는데 출정 후 겨우 사흘 동안 조합한 무공이 벌써 일곱 개였다.

오늘만 해도 그랬다.

지강(枝江)에서 점심을 해결한 후 이곳에 도착하기까지 불과 반나절 동안 풍천의 등에 올라서 머릿속으로 조합한 무공이 세 개나 되었다. 완전히 탄력이 붙어서 스스로도 절제가 안 될 지경이었다.

천풍은 호흡을 가다듬고 가져온 묵필을 들었다.

머릿속으로 조합한 무공을 이제 실체화시키는 작업을 해야 했다.

'이번에 세 개를 더하면 이제 총 서른둘인가?'

하나둘 조합을 한 것이 어느덧 서른둘이나 되었다.

사실 그가 목표로 잡은 것은 천 개의 무공이었다. 처음에는 백 개의 무공이면 충분하지 않을까 생각도 했지만 어차피 한계가 정해진 무공이 아니기에 차라리 평생을 두고 완성시키자는 생각에 천 개로 결정했다.

그러니 그 목표치에 비하면 서른둘은 아예 걸음마 수준이나 다름없었다. 하지만 천풍은 아직도 단화영과의 비무를 생생히 기억하고 있었다.

그때의 충격을, 그때의 전율을, 그때의 환희를…….

고작 다섯 개의 조합이 만들어 내던 그 놀라운 세계가 그의 뇌리에, 그의 심장에, 그의 핏속에까지 지울 수 없이 깊이 각인되어 있었다.

한데 서른둘이다.

최종 목표에 비하면 걸음마 수준이지만 그 서른둘만으로도 천풍은 그것이 또 얼마만큼의 충격을 줄 것인지, 얼마만큼의 전율을 느끼게 할지, 얼마만큼의 환희를 안겨 줄지 짐작조차 할 수 없었다.

그저 생각만으로 짜릿했다.

생각하는 것만으로도 조급증이 나서 참을 수가 없었다.

천풍은 지체하지 않고 머릿속에서 조합한 무공을 묵필에 담아 천극신공을 펼치기 시작했다.

그런 천풍을 멀리서 지켜보며 한숨짓는 사람이 있었다.

'흥! 또 혼자 신나셨어.'

단화영이었다.

출정길에 오른 후 천풍이 한시도 천극신공을 놓아 본 적이 없었듯이 그런 천풍에게서 한시도 눈을 뗀 적이 없는 단화영이었다.

천풍을 보는 단화영의 표정은 그다지 좋지 못했다.

이렇듯 천풍을 훔쳐보면 볼수록, 천극신공을 탐내면 탐낼수록 스스로의 무기력함만을 뼈저리게 느껴야 했다.

도무지 훔쳐지지가 않는다.

당장 손만 뻗으면 손아귀에 쥘 수 있을 것 같은데도 도무지 닿지가 않는다.

'무슨 무공이 저따위냐고!'

그렇다고 무시해 버릴 수도 없다.

천풍이 그런 것처럼 그녀 역시도 그날 비무의 기억이 그녀의 뇌리에 너무도 깊고 단단하게 새겨져 버렸다.

이젠 아예 화산의 무공조차 눈에 들어오지 않았다.

매일 하루도 거르지 않던 화산 검법의 수련을 그 후로는 단 한 번도 한 적이 없었다.

온통 천극신공에 마음을 빼앗겨 버렸다.

하지만 현실의 벽은 너무도 단단하고 높았다.

하루가 다르게 달라지는 천극신공이었다.

하루가 다르게 달라지고 있다는 것을 너무도 잘 알고 있었다.

또한 그 달라짐이 얼마나 무서운 변화인지도 알고 있었다.

천극신공에 대한 욕심은 욕망이 되어 타올랐다.

그러나 역시 그것은 그녀가 가질 수 있는 것이 아니었다.

욕심을 내면 낼수록 절망과도 같은 좌절만 더할 뿐이다.

이미 알고 있었다.

천극신공은 결코 그녀의 것이 될 수 없음을.

아무리 발버둥 쳐 봐야 그것을 담기에는 감히 그릇이 되지 못한다는 것을.

이미 출정길에 오르기 한참 전에 체념도 했다.

그럼에도 그녀는 천풍을 쫓았다.

천풍을 쫓아 의혈단에 지원을 하고 천풍을 쫓아 이곳까지 왔다.

단지 천극신공에 대한 끝내 버리지 못한 미련 때문은 아니었다.

언제부턴가 그녀의 눈은 천극신공이 아니라 천풍을 보고 있었다.

자신도 모르게 자꾸만 천풍을 쫓게 된다.

자신이 가지지 못한 것을 가진 것에 대한 부러움인지 질투인지, 이 허술해 보이는 사내를 보고 있노라면 왠지 화가 났다.

너무 화가 나서 도무지 눈을 뗄 수가 없다.

보고 있노라면 더 화만 나는데 그래도 자꾸만 그를 쫓고 있는 자신이 스스로도 이해가 되지 않는다.

무슨 바보 같은 미련일까?

단화영이 그렇게 복잡하고 이해 못 할 감정들로 천풍을

보고 있는 중에도 천풍은 점점 자신만의 세계에 빠져들어 완전히 세상을 잊어 가고 있었다.

그런 천풍이 또 야속하게만 느껴지는 단화영이다.

"흥! 잘났어, 정말!"

마음속에 이는 분노를 그렇게 털어 내고는 끝내 자리를 털고 돌아섰다.

천풍의 묵필이 멈춘 것은 그로부터 두 시진이 더 지나 해시가 넘어서였다.

"오늘은 좀 일찍 끝났나……?"

하늘을 올려다보며 시간을 가늠해 본 천풍은 상당히 흡족한 얼굴로 고개를 주억거렸다.

어제만 해도 네 시진을 훌쩍 넘겨서야 끝이 났었다. 정신을 차리고 보니 어느덧 어슴푸레 해가 밝아 올 무렵이었고, 때문에 눈 한 번 제대로 못 붙인 채 다시 여정길에 올라야 했다.

어제만이 아니었다. 사흘간 늘 같은 반복이었다. 그래서 늘 잠이 부족했던 것이 사실인데 오늘은 아직 자정도 채 되지 않았으니 모처럼 부족한 잠을 충분히 채울 수 있을 것 같았다.

모처럼의 단잠을 생각하니 걸음이 가볍다. 천극신공에 관해서도 생각 이상의 성과를 올린 터라 기분도 홀가분했다.

그렇게 천풍은 자신이 묵고 있는 객잔으로 향했다.

"오늘은 일찍 마치셨나 봅니다."

객잔에 당도하니 그를 기다리고 있던 마립이 인사를 건네 왔다.

새삼스러울 것도 없는 일이다. 매일같이 이렇듯 천풍이 돌아올 때까지 기다렸다가 천풍이 자리를 비운 사이 있었던 일을 보고하는 마립이다. 어제는 새벽까지 자신을 기다리고 있는 모습에 미안해서 몸 둘 바를 모를 지경이었다. 그래서 제발 그러지 말라고 당부를 했는데도 오늘 또 여기서 이 늦은 시간까지 자신을 기다리고 있다.

원래부터 이렇게 우직한 사람이었을까? 아니면 자리가 사람을 만든다고 했듯이 현천문의 법을 다스리는 집법당주의 직위가 그를 이렇듯 완고하게 만든 것일까?

어쨌든 그 우직함이 싫지만은 않은 천풍이다.

한데, 오늘은 어쩐 일인지 마립 혼자가 아니었다. 마등도 함께였다.

"마 호법께서는 어쩐 일이십니까?"

의아해 묻는 천풍의 질문에 마등이 잔뜩 불만 어린 얼굴로 툴툴거렸다.

"내 오늘은 도무지 분통이 터져서 못 참겠습니다."

콧바람을 씩씩거리는 것이 뭔가 단단히 화가 나 보였다.

천풍은 마등에게 바로 묻지 않고 먼저 마립에게 물었다.

"무슨 일이 있었습니까?"

"그게…… 조금 전 적생과 형산파 제자 간에 사소한 말다툼이 있었습니다."

적생이라 하면 호법원에 속한 마등의 수하였다.

"말다툼?"

천풍의 반문을 받은 것은 마등이다.

"사소한 말다툼은 무슨 사소한 말다툼이오? 일방적으로 모욕을 당한 거지!"

그렇게 사납게 운을 뗀 마등이 사건의 전말을 늘어놓으며 침을 튀겼다.

그의 이야기인즉슨 이랬다.

형산파 제자 중 하나가 현천문 문도에게 술심부름을 시켰다. 형산파 제자에게는 여느 때와 같이 늘 하던 대로의 행동이었겠지만 그 상대가 나빴다. 3천이나 되는 현천문 문도들 중에서 하필이면 단순무식하기로는 마등에 비견되는 적생이 걸린 것이다.

'싫소. 술이 처먹고 싶거든 직접 사서 드시든가, 그게 싫으면 아예 처드시질 말던가.'

결국 적생의 그 한마디가 살얼음 위를 걷듯 조심스럽게 이어지던 부실한 평화를 무너뜨렸다.

무시와 모멸의 모욕적인 언사가 퍼부어졌다.

적생도 참지 않고 그간 묵혀 둔 불만을 터트렸다.

서로 간에 거친 언사가 오가고, 심지어 칼마저 뽑아 드는 사태가 벌어졌다.

하지만 어디까지나 형산파는 강자였고 현천문은 약자였다.

형산파 제자은 모욕적인 언사를 가감 없이 해 댔지만 적생은 속에 담아 둔 불만을 모두 퍼붓지 못했다. 형산파 제자는 칼까지 뽑아 들어 위협했지만 적생은 차마 그 앞에서 칼을 뽑진 못했다.

아무리 그가 마등에 비견될 만큼 단순무식하다 할지라도 감히 구대문파를 상대로 성질대로 할 만큼 무모하지는 않았다.

그건 마등도 마찬가지였다.

그래서 적생의 울분에 겨운 하소연을 듣고도 곧바로 형산파 제자에게 가서 따지지 않고 이렇듯 천풍을 찾아와 분통을 터트리고 있는 것이다.

"그럼 차라리 우리 현천문은 이대로 돌아가는 것이 어떻겠습니까?"

천풍의 돌연한 말에 거친 숨을 씩씩거리며 분을 참지 못하고 있던 마등이 어리둥절해한다.

"돌아가다니요? 어디로 간단 말씀입니까?"

"설마 총단으로 다시 돌아가자는 말씀이신 것은……."

"어차피 우리를 위한 전장이 아닙니다. 이렇듯 모욕을 당하면서까지 환영도 받지 못하는 전장으로 가서 목숨을 내걸 필요는 없지 않겠습니까? 아니면 이참에 만사 다 접고 차라리 서호로 돌아가는 것도 좋구요."

천풍이야 처음부터 원치 않던 여정이었다. 애당초 무림맹에 입맹한 것조차 문도들 등살에 떠밀려서였지 온전히 자신의 의지가 아니었다.

그런 터에 형산파와 분란까지 생기고 있으니 회의감만 커질 뿐이다.

그러나 그건 어디까지나 천풍의 사사로운 욕심일 뿐이다.

"그건 아니 될 말씀입니다."

마립이 바로 반박하고 나섰다.

"차라리 처음부터 오지 않았으면 모를까, 이대로 총단으로 돌아가면 현천문은 천하의 겁쟁이라 놀림을 당할 것입니다. 거기다 서호로 돌아가다니요? 그랬다가는 겁쟁이 정도가 아니라 배신자로 낙인찍힐지도 모릅니다."

"그건 형님 말씀이 맞습니다. 이대로 돌아간다는 건 말이 안 됩니다!"

"하나 그것 말고는 달리 해결책이 없지 않습니까? 이대로라면 형산파의 도를 넘은 무례가 갈수록 더 심해질 텐데…… 그렇다고 힘으로 형산파를 눌러 버릴 수도 없는 일이고. 그랬다가는 그거야말로 정말 큰 문제가 될 것이니 말입니다."

천풍의 말대로였다.

달리 방법이 없었다.

누가 뭐라 해도 상대는 구대문파의 하나인 형산파였다.

무림맹주 탁종도의 사문인 것은 물론이고, 이번 의혈단을 통솔하는 것이 바로 그 형산파의 장문제자임에야 싸워봐야 좋을 게 하나도 없다.

이대로 계속 무시하거나 참는 수밖에 없다.

천풍이 정말로 말하고자 하는 것이 바로 그것이었다.

마등이 단순무식하긴 하지만 아둔한 자는 아니었다.

천풍의 말뜻을 충분히 알아들었다.

화가 나고 분통이 터지는 일이지만 난세의 영웅이 되어 이름을 떨치고 싶다면 지금으로서는 그저 참고 인내하는 수밖에 없다. 지금을 참지 못하면 그저 천하의 비겁자가 될 뿐이다.

화는 좀처럼 가라앉지 않았지만 결국 수긍을 하고 발길을 돌리는 마등이다.

마립도 이내 마등의 뒤를 따랐다.

그들을 그렇게 돌려보냈지만 천풍의 마음이라고 좋을 리가 없었다.

뭐니 뭐니 해도 현천문 문도들은 자신의 사람이었다. 자신의 사람이 무시와 멸시를 당하고 있다는데 기분이 좋을 리가 없다.

하지만 어쩌겠는가.

그가 나서서 뭔가를 해 줄 수 있는 게 아무것도 없었다.

그가 할 수 있는 거라고는 그저 앞으로의 여정이 무탈하기만을 부처님께 기도하는 것뿐이었다.

그러나 안타깝게도 그의 기도는 부처님께 닿지 않은 모양이었다.

이튿날 밤이었다. 그날도 여느 때와 마찬가지로 밤늦게까지 천극신공에 매달렸다가 돌아오는 길이었다. 한데, 그를 기다리고 있는 것은 비단 마립과 마등만이 아니었다. 현천문 문도들이 단체로 몰려와 있었다. 그리고 그들 모두는 전날의 마등과 같은 얼굴을 하고 있었다.

무슨 일인지 굳이 물을 필요가 없었다.

적생의 흉한 몰골이 모든 것을 말해 주고 있었다.

누군가로부터 심하게 얻어맞은 모양이었다. 그리고 그 누군가는 당연히 형산파 제자일 터였다.

그래서 툭 던진 천풍의 질문은 원인이나 사유에 관한 것이 아니었다.

"싸운 겁니까?"

"싸우지 않았습니다."

싸우지 않았다. 그렇다면 일방적으로 맞았다는 뜻이다.

적생의 대답이야 알고 있었다.

적생은 현천문 문도들 중에서 그 성취가 상당히 뛰어난 편이었다. 아무리 형산파 제자라고 해도 호락호락 당할 적생이 아니었다.

일방적으로 맞았다.

참았다.

어쩌면 천풍의 뜻을 마등에게 전해 들은 때문일 수도 있다. 그래서 그 단순무식한 성질에도 불구하고 일방적으로 맞아 준 것일지도 모른다.

"정말 이런 지경에도 계속 참고 있어야 한단 말입니까?"

마등이 다시금 울분을 토한다.

여기저기서 불만에 찬 볼멘소리가 들려왔다.

정작 당사자인 적생은 아무 말도 없었지만 그 눈빛은 억울함과 분노로 빨갛게 충혈 되어 있었다.

마등의 울분보다, 여기저기서 들려오는 불만의 목소리보다 적생의 그 같은 눈빛이 더 아프게 가슴에 와 닿았다.

화가 났다.

적생의 멍들고 일그러진 얼굴이 어쩌면 자신의 무심함 때문일 수도 있다는 생각에 더 화가 솟구쳐 올랐다.

더는 지켜만 볼 일이 아니었다.

"제가 위 단주님를 만나 보겠습니다."

천풍은 그 길로 곧장 위서량을 찾아갔다.

위서량은 늦은 밤까지 주루에서 형산파 제자들과 함께 술잔을 주거니 받거니 하고 있었다.

제7장

나는 아극소라 하네

천극의 서

"지금 뭐라 했소?"

위서량이 황당하다는 얼굴로 천풍을 본다.

천풍이 다시 힘주어 말했다.

"본 문에 맡겨 둔 형산파의 짐들을 모두 찾아가시라 말씀드렸습니다."

마음 같으면야 적생을 그리 만든 자를 찾아 똑같이 앙갚음이라도 해 주고 싶었다. 그러나 형산파를 상대로 성질대로 할 만큼 이성을 잃지는 않았다.

"이보시오, 소 문주님. 이게 갑자기 무슨 일인지 내 도통 모르겠는데 자세히 좀 말씀을 해 주시겠소?"

"본문은 짐이나 나르려고 무림맹에 입맹한 것도, 심부름이나 하려고 의혈단에 합류한 것도 아닙니다."

"그러니까 무슨 일인지부터……."

"이유 불문하고 본문에 맡겨 둔 짐을 찾아가십시오."

천풍의 단호한 말에 위서량이 자신의 주위 형산파 제자들과 눈을 맞추며 어처구니없어 한다. 하지만 어처구니없는 것도 잠시, 이내 그 얼굴에 심히 불쾌하다는 빛을 담았다.

"이유 불문하라고 하니 그럼 이유는 묻지 않겠소만…… 소 문주께서 지금 저에게 상당히 무례하다는 것은 알고 있으시오?"

"나는 그저 현천문의 문주로서 위 단주께 합당한 처우를 부탁드리는 것뿐입니다."

"합당한 처우?"

위서량이 입꼬리를 말아 올렸다.

"현천문이 바라는 합당한 처우라는 게 대체 뭐요?"

"중원 무림을 위해 목숨을 바치는 동지로서, 전장에서 죽음을 같이하는 전우로서 차별 없는 대우를 바라는 것입니다."

"고작 남는 손 좀 거드는 게 차별이라는 말씀이오? 내 보기에 그건 차별이 아니라 협력인 것 같은데?"

"최소한의 배려도 없는데 그게 어찌 협력이란 말입니까! 현천문에 대한 눈곱만큼의 존중이라도 있었다면 술심부름이나 시키진 않았을 테지요!"

천풍의 반박에 위서량의 옆에 있던 형산파 제자가 불쑥 끼어들었다.

"거참, 듣자듣자 하니까 별것도 아닌 것 가지고 더럽게 유세를 떠시네."

조운이란 자였다.

"솔직히 까놓고 말해서 누가 동지고 누가 전우란 말이오? 뭐? 중원 무림을 위해 목숨을 바쳐? 전장에서 죽음을 같이해? 나 참, 착각을 해도 유분수지…… 중원 무림을 위해 목숨을 바치는 것도, 전장에서 죽음을 같이하는 것도 어디까지나 우리가 할 일이지 당신들 현천문의 몫이 아니야! 무림맹이 당신들에게 원하는 것 또한 지금까지 그랬던 것처럼 그저 우리를 보필하는 것, 그 이상도 그 이하도 아니고! 중원 무림을 위해 한 목숨 초개와 같이 바칠 우리를 위해 고작 그 정도 수고도 하지 않겠다면 그거야말로 몰염치한 일이지. 괜한 분란이나 일으킬 거면 그냥 차라리 여기서 돌아들 가시오. 어차피 현천문 따위야 있으나 없으나 매한가지니까."

"어허! 사제. 그래도 명색이 일문의 문주인데 말이 너무 지나치잖나."

"대사형. 뭐, 제가 틀린 말 한 건 아니잖습니까? 한낱 하오문의 잡졸들이 감히 대형산파를 상대로 차별을 운운한다는 것 자체가 어디 말이나 될법한 일입니까?"

“어허, 말을 가려서 하라니까. 아무리 하오문 잡졸이라고 해도 엄연히 무림맹의 형제가 아닌가?”

대놓고 멸시로 일관하는 조운과 그를 나무라듯하지만 천풍이 들으라는 듯 ‘하오문 잡졸.’이란 말을 유독 강하게 발음하며 비꼬아 대는 위서량이다. 그리고 그에 덩달아서 주위의 형산파 제자들이 재미있다는 듯 키득거린다.

지금 주루 안에서 천풍을 비웃지 않는 사람은 혹여 싸움이라도 벌어질까 조마조마해하고 있는 주루의 늙은 주인과 어린 점소이, 그리고 의혈단과는 상관없이 그저 술손님인 듯 보이는 두 명의 사내뿐이었다.

‘적생이 당한 모욕이란 게 바로 이런 것이었군.’

이곳까지 달려오는 동안, 그리고 이곳에 당도해서 지금까지도 어떻게든 참아 볼 생각이었다.

형산파를 상대로 최대한 예의를 지키려고 했다.

앞으로 무림맹이란 한 울타리 안에 얼마나 더 머물게 될지 알 수 없는 일이기에 어떡하든 서로 간에 불편한 일은 만들지 않으려고 했다.

하지만 더는 참지 않기로 했다.

적생의 억울함을 달래기 위해서라도 참으면 안 되었다.

지금의 모멸감을 지우기 위해서라도 참을 수 없었다.

앞으로의 편안한 여정을 위해서는 실력 행사만이 확실한 예방책이라는 결론을 내렸다. 아니, 사실 그런 이성적인 것들을 다 떠나서 이대로는 도무지 참아줄 수가 없다.

"본문의 제자 적생을 모욕 주고, 그것으로 모자라 매질까지 한 자가 누굽니까?"

"모욕은 무슨. 그저 주제도 모르고 나대기에 버릇 좀 고쳐준 것뿐인데."

그리 말한 자는 다름 아닌 조운이었다.

"당신입니까?"

"그렇다면 어쩔 건데?"

벌떡 자리에서 일어나서는 고개를 빳빳이 들고 한껏 거만을 떤다.

조금 전의 거친 언사도 결국 지은 죄가 있다 보니 더 그랬던 모양이다.

천풍은 대답하지 않았다.

그저 한 걸음을 내디뎌 조운에게 다가갔다. 그리고 그대로 조운의 뺨을 후려갈겼다.

쫙—.

마치 물 먹인 수건으로 말 엉덩이를 후려치는 것처럼 경쾌한 소리가 들리고,

"크윽!"

우당탕탕

조운이 식탁 두어 개를 같이 쓰러트리며 나뒹굴었다.

"이게 지금 뭣 하는……!"

놀란 위서량이 천풍을 막아섰다. 하지만 천풍은 그런 위서량을 가볍게 흘려 버리고는 다시 두어 걸음을 더 내디뎌 조운에게 다가갔다.

조운은 뭐가 어떻게 된 영문인지를 몰라 어리둥절해하는 와중에도 급격한 분노로 천풍을 노려보며 벌떡 몸을 일으키려 하고 있었다. 하지만 그가 채 몸을 다 일으키기도 전에 천풍의 발이 이미 조운의 턱에 닿아 있었다.

빠각!

"컥!"

우당탕.

턱뼈가 부러진 것은 물론이고 뇌까지 울리는 고통에 그대로 혼절해 버리는 조운이다.

이 정도면 적어도 적생이 당한 매질만큼은 충분히 보상이 되었을 것이다.

천풍은 널브러져 있는 조운에게서 미련 없이 몸을 돌렸다. 물론 그것으로 끝날 일은 아니었다.

형산파 제자들이 그 즉시 자리를 박차고 일어났다. 급히 조운을 살피는 자도 있었지만 대부분 욕설을 퍼붓거나 칼을 뽑아 들며 위협을 해 댔다.

"지금 이게 무슨 짓이지?"

칼은 안 뽑았지만 죽일 듯이 노려보며 씹어뱉듯 그렇게 묻는 위서량이다.

"나는 그저 마땅히 받을 것을 받은 것뿐입니다."

"마땅히 받을 것을 받아? 네놈의 눈에는 우리 형산파가 그리도 우습게 보였단 말이냐!"

마침내 위서량도 칼을 뽑았다.

예상했던 일이었다.

더는 참지 않기로 했을 때, 위서량뿐만 아니라 이 자리에 있는 형산파 제자들을 모두 상대할 각오도 했다. 설혹 그것이 형산파와 현천문 간에 돌이킬 수 없는 사태를 불러오게 될지라도 말이다.

물론 걱정이 안 되는 것은 아니었다.

형산파 장문인이 무림맹주인 만큼 어쩌면 현천문이 상대해야 할 것은 단지 형산파 하나가 아닐지도 몰랐다. 그래서 참지 않기로 한 그 순간에도, 그리고 조운에게 발길질을 가한 그 순간에도 마음이 무거웠던 것이 사실이었다.

한데 막상 위서량을 위시하여 칼을 뽑아 든 형산파 제자들을 이렇게 마주하고 보니 무거웠던 마음은 싹 사라지고 오히려 설렌다.

오늘까지 모두 서른다섯 종을 합쳤다.

지난번 단화영을 상대한 후로 한 번도 실전에서 사용해 본 적이 없었다. 그러잖아도 근질근질하던 참에 천극신공을 시험해 볼 무대가 생겼다.

'첫 시험 무대는 흑지 비사천문이 될 줄 알았는데…….'

하지만 상황이 이렇게 되고 보니 흑지 비사천문이든 형산파든 아무런 상관이 없었다. 후일에 대한 걱정도 없었다. 그저 모든 관심사는 서른다섯 종이 조합된 천극신공은 또 얼마나 자신을 흥분케 할런지 온통 거기에 대한 기대뿐이었다.

그런 천풍을 향해 위서량이 성큼 한 걸음을 다가들었다.

천풍도 성큼 한 걸음을 내디뎠다.

위서량이 천풍을 사납게 노려보며 칼을 겨눈다.

하지만 천풍은 위서량을 보고 있지 않았다. 그가 보고 있는 것은 위서량 너머의 형산파 여덟 제자 모두였다. 천극신공의 첫 시험 무대, 위서량 하나로 끝낼 생각은 추호도 없었다. 물론 그가 원하지 않더라도 위서량이 쓰러지면 그들이 순순히 물러날 리도 없지만 말이다.

자신의 칼을 눈앞에 두고도 정작 자신을 보지 않는 천풍의 그 같은 태도가 위서량의 분노에 불을 지핀 모양이다.

"네놈……!"

위서량이 빠득 이를 갈아붙인다.

칼끝에 서린 서슬 퍼런 살기가 한층 날카롭게 날을 세웠다.

그야말로 일촉즉발의 순간이었다.

위서량으로서는 사문의 형제들이 보는 앞에서 개망신을 당하기 직전의 순간이었고 천풍으로서는 형산파와 돌이킬 수 없는 강을 건너게 될지도 모르는 위기일발의 순간이었다.

한데, 그때였다.

"지금 뭣들 하는 거예요!"

그 같은 일촉즉발의 순간에 날카로우면서도 청명한 목소리 하나가 불쑥 끼어들었다.

단화영이었다.

주루 안으로 성큼 들어선 단화영이 대뜸 천풍과 위서량의 사이를 가로막았다.

"지금 이게 대체 무슨 짓들이에요?"

"아영 사매가 상관할 일이 아냐!"

"나도 엄연히 의혈단인데 상관할 일이 아니긴 뭐가 아니에요?"

"이건 의혈단과는 상관없이 어디까지나 형산파와 저자와의 일이다. 본 파의 형제가 피를 보았으니 응당 그에 합당한 대가를 받아 내야 하는 것이 내가 해야 할 일이란 말이다!"

"흥! 합당한 대가를 받아 내요? 누가요? 당신이?"

단화영이 가소롭다는 듯 콧방귀를 꼈다.

당연히 위서량의 얼굴이 좋을 리가 없었다. 천풍을 향했던 살기가 단화영에게로 옮겨 갈 정도였다.

"내가, 이 형산의 위서량이 고작 저딴 놈도 상대하지 못

할 거란 말이냐?"

"당연히 상대가 되지 못하죠. 도진 사형한테도 진 당신이 도진 사형이 스스로 삼초지적도 되지 못할 거라 했던 사람의 상대가 될 리가 없잖아요. 안 그래요?"

"뭐?"

"화산의 일룡이 옥면신룡에게 머리를 조아려 가르침을 청했다는 소문, 듣지 못하셨어요?"

물론 들어는 봤다.

지난날 황학루에서는 도진이 그 앞에 비무를 청하는 것까지 봤었다.

하지만 그저 잠시 정신이 나간 거라 생각했다.

소문도 그저 말하기 좋아하는 사람들이 아무렇게나 지껄여 댄 헛소문이라 생각했다.

천하오절이니 일류를 이기는 삼류니 하며 세상이 떠들썩할 때도 그는 신경조차 쓰지 않았었다.

한데 도진 스스로 삼초지적도 되지 못한다 했다니?

"나도 감히 저 사람의 일초지적이 될 수 있다 장담 못 하는데 당신 따위가 이길 수 있다고요? 천하의 웃음거리가 되고 싶다면 어디 한번 해 보시든가요."

콧대가 높기로는 하늘에 닿고 화산에 대한 자부심은 그 하늘보다 더 높은 것이 바로 화산일검향 단화영이다.

자신은 물론이고 자칫 화산파의 명예마저도 더럽힐 수

있는 일을 고작 천풍 하나를 구하고자 거짓으로 지어낼 리가 없다.

도진이 삼초지적이 되지 못한다고 하고 단화영이 일초지적도 장담 못 한다고 한다. 그게 사실이라면 자신 또한 별반 다르지 않을 것이다.

위서량이 조금은 달라진 눈으로 천풍을 살폈다.

어떻게 봐도 강해 보이지 않는다.

강해 보이기는커녕 이보다 더 허술하고 만만해 보일 수가 없다.

그러나 만에 하나라도 단화영의 말이 거짓도 과장도 아니라면?

그러고 보면 조금 전 조운을 공격할 때도 뭔가 이상했다.

조운의 앞을 막은 자신을 너무도 간단히 흘려 버렸다. 너무도 간단히 흘려 버려서 오히려 지극히 당연한 일이 일어난 것처럼 별다른 의식조차 하지 않았었다. 하지만 다시 생각해 보니 그 순간 있을 수 없는 일이 벌어진 거였다.

형산파 제일의 무재라고 일컬어지는 위서량이다. 천하에 어느 누가 그를 그처럼 간단히 흘려 버릴 수가 있단 말인가?

조운만 해도 그랬다.

형산파 16대 제자들 중에서 능히 다섯 손가락 안에 드는 인재였다. 아무리 방심을 했다손 치더라도 그런 조운이 그처럼 허무하게 제압당했다는 것도 말이 안 되는 일이었다.

'어쩌면…….'

정말로 강한 자일지 모른다.

믿고 싶지도, 인정할 수도 없지만 어쩌면 정말로 개망신을 당하게 될지도 모른다.

그렇게 생각하니 등골이 오싹해졌다.

무인으로서의 긍지보다는 치졸할 정도로 이성이 앞서는 위서량이다. 그의 뇌리에선 지금은 싸울 때가 아니라는 경고 신호가 강하게 울리고 있었다.

무엇보다 이기지 못할 싸움은 하지 않는다는 게 그의 신조였다.

하지만 명분이 없다.

눈앞에서 형산파 제자가 당했다.

오래도록 한솥밥을 먹어 온 사형제가 당했는데 명색이 장문제자가 이대로 어물쩍 넘어간다면 도무지 체통이 서지 않는다.

'젠장! 어쩌지?'

자신의 신조에는 어긋날지라도 한번 부딪쳐 볼까 하는 생각도 들었다.

'그러다 정말 개망신이라도 당하면?'

무림대회에서 도진에게 패한 전력까지 있는 차에 천풍에

게마저 당하면 무림에서 위서량이란 이름 석 자가 너무 초라해진다. 얼굴을 들고 다닐 수가 없게 된다.

그렇다고 이대로 발을 뺐다가는 자칫 형산파 장문제자라는 직위마저 위태로울 수 있었다.

위서량의 머릿속이 손익 계산으로 바쁘게 움직였다.

그때 단화영이 한마디를 덧붙였다.

"아직도 피의 대가를 받을 생각이라면 내 분명히 말씀드리죠. 누구의 편도 들지 않고 공정히 판단해 볼 때, 잘잘못을 따지자면 먼저 현천문의 문도를 매질한 형산의 잘못이 가장 커요. 여기 소 문주는 응당 그 책임을 물은 것이구요. 그러니 이제 서로 간에 빚은 없는 거예요. 그런데도 만일 형산파에서 이 일을 두고 다시 현천문을 핍박하려 한다면 결단코 화산파가 좌시하지 않을 거예요."

"하면 저자를 도와 형산파에 칼이라도 겨누겠다는 거냐? 너는 정말 형산과 화산의 오랜 우의가 이대로 깨어져도 좋다는 거냐? 고작 저 딴 놈 때문에?"

"그게 정(正)과 협(俠)에 부합하는 일이라면 얼마든지요!"

단화영의 단호한 대답에 위서량의 얼굴이 심하게 구겨졌다.

정과 협을 내세우긴 했지만 그가 보기에는 그저 천풍을 감싸는 것으로밖에 보이지 않았다.

속에서 천불이 날 지경이다.

자신이 좋아하는 여인이 다른 남정네를 위해 자신에게 칼을 겨누겠다는데 눈이 돌아가지 않을 사내가 어디 있겠는가.

하지만 그런 순간에도 질투로 인한 분노보다 치졸한 이성이 먼저 앞선다.

그 치졸한 이성이 그에게 참으라 하고 있었다.

오히려 이러지도 저러지도 못하는 상황에서 화산파의 개입이라는, 이대로 물러설 수 있는 명분이 생긴 것에 안도하는 마음까지 있었다.

그래서 아무 반박도 하지 않았다.

"뭐 해요? 볼일 마쳤으면 얼른 돌아가요."

단화영이 천풍의 팔을 잡아끌어 객잔을 빠져나가는 동안에도 위서량은 그저 그들을 노려만 볼 뿐 이렇다 할 제지를 하지 않았다.

그들의 등 뒤에다 '화산을 보아 이번만은 참겠다!' 라고 한마디 해 주고 싶은 마음도 있었지만 그것도 관뒀다.

구차하고 초라해질 뿐이다.

지금은 그저 아무 말 않는 것이 그나마 체면을 차리는 유일한 길이었다.

"대체 정신이 있는 거예요, 없는 거예요?"

객잔을 빠져나오자마자 단화영이 날카로운 목소리로 따

졌다.

"정말로 그놈들과 싸울 생각이었어요?"

"싸워야만 결론이 나는 일이라면 그리할 수밖에요."

"그럼 그 후에는요? 그들이야 물론 당신 혼자서 충분히 때려눕힐 수 있겠죠. 그럼 그 후에는 어떻게 할 건데요? 형산파와 전쟁이라도 치를 작정이었어요?"

"그 역시 피할 수 없는 일이라면……."

"하!"

천풍의 속편한 대답에 단화영이 어처구니없어 하며 헛웃음을 터트렸다.

"도대체가 멍청한 거예요? 아니면 겁이 없는 거예요? 구대문파가 그리도 우스워 보여요? 수백 년의 역사가 그렇게 가벼워 보이세요? 형산파와 싸운다는 건 비단 2천 명의 형산파 제자들만이 아니라 그들이 쌓아온 수백 년의 시간과 싸운다는 의미예요. 그게 얼마나 무모한 짓인지 알기나 하세요? 더구나 형산파 장문인은 현 무림맹의 맹주예요. 자칫 일이 잘못 풀리기라도 하면 형산파가 아니라 중원 무림 전체를 적으로 돌리게 될지도 모르는데 생긴 것답지 않게 어찌 그렇게 대책 없이 막무가내냐구요!"

단화영이 성을 참을 수 없는지 버럭 화까지 낸다.

그것이 화가 아니라 걱정이란 것쯤은 알고 있었다.

위서량을 막은 것도 모두 천풍, 그를 위한 것임도 알고 있었다.

후회는 하지 않았지만 사실 그도 뒷감당해야 할 일이 걱정스럽긴 했었다. 그런 차에 단화영이 끼어들어 다행히 최악의 사태만은 면했다.

내심 얼마나 안도했는지 모른다.

천풍은 걸음을 멈추고 단화영을 마주했다. 그리고 엉거주춤해 있는 단화영을 향해 포권을 취해 보였다.

"고맙습니다. 덕분에 큰 화를 면했습니다."

딱딱하리만큼 정중한 태도였다.

천풍의 그 같은 인사를 전혀 예상치 못한 단화영이 당황해했다.

"뭐, 그, 그야…… 당연히 내 덕분에 화를 면하긴 했죠. 아무튼! 그러니까! 앞으로는 앞뒤 생각 좀 하고 행동하란 말이에요!"

괜스레 얼굴까지 붉히고서는 휙하니 몸을 돌려 화산파의 숙소로 달려가 버린다.

천풍은 그녀를 따라가지도, 그렇다고 자신의 숙소로 향하지도 않았다.

단화영의 멀어지는 뒷모습을 잠시 지켜보던 천풍이 고개를 돌렸다.

그의 눈이 향한 곳에는 두 개의 그림자가 어둠에 몸을 가린 채 천풍을 향해 다가오고 있었다.

한 명은 어디에서나 흔히 볼 수 있는 지극히 평범한 인상의 오십 대 중년인이었다. 그리도 다른 한 명은 열대여섯쯤 되어 보이는 소년이었는데 평범한 인상의 오십 대 중년인과는 달리 눈을 떼기가 어려울 만큼 아름다운 얼굴의 미소년이었다. 더구나 그를 향해 살포시 떠올린 미소는 절로 마음이 훈훈해져 올 만큼 순수하고 맑아 보였다.

조금 전 주루에서 형산파와는 상관없이 그저 술손님으로 보였던 자들이다.

하나, 그저 술손님이 아니었던 모양이다.

자신을 쫓아온 것도 그렇지만 그저 술손님이라고 하기에는 지나치게 비범했다.

특히 평범한 인상의 오십 대 중년인은 도무지 눈을 뗄 수가 없게 만든다.

그냥 이렇게 마주한 것만으로도 숨이 턱 하니 막혀 왔다.

온몸의 솜털이 죄다 곤두서는 듯한 느낌이었다.

살기도 없고, 그렇다고 엄청난 기도를 뿜어내는 것도 아닌데 왠지 모를 서늘함이 등허리를 적신다.

손은 땀으로 흥건했다.

단언컨대 누군가로부터 이만한 존재감을 느껴 본 적은 살아오면서 단 두 번뿐이었다.

도제 백무강과 검문주 금천우.

그랬다.

놀랍게도 눈앞의 중년인은 그들에 버금가는 존재감으로 천풍을 충격에 빠지게 만들고 있었다.

"제게 무슨 용무가 있습니까?"

마음에 휘도는 충격을 잠시 미뤄 두고 물었다.

"용무가 없다면 자네를 만나려고 밤을 새워 달려오진 않았겠지."

"저를 아십니까?"

"천하의 옥면신룡을 누군들 모를까. 더구나 나와는 묵은 은원까지 있는 사이인데."

"묵은 은원이라면……?"

"남양에서의 일, 기억 안 나는가? 내 수하들 몇이 자네 손에 참변을 당했었지. 어디 그뿐인가. 무한에서도 내 수하들이 자네에게 목숨을 잃었고, 심지어 내겐 스승과도 같았던 태대로마저 그때 화를 입었지. 물론 태대로를 그렇게 만든 건 자네가 아니었다지만……."

"……!"

남양에서 자신에게 참변을 당했다고 하면, 기억나는 거라곤 혜광과 진현을 따라 소림으로 가던 중 도문의 남양 지부에서 만난 흑의 복면인들뿐이다. 무한에서도 마찬가지다. 도문을 찾아갔다가 한 무리의 흑의 복면인을 만났고 악귀가 되어 그들을 죽였다.

중년인이 말하고 있는 것은 분명 그 일이었다. 그리고 그들 흑의 복면인은 작금의 무림을 핏빛 혼란으로 몰아넣고 있는 흑지 비사천문의 흉적들이었다.

흑지 비사천문의 흉적들을 수하라고 한다.

거기에까지 생각이 미치자 본능적으로 한 걸음을 물러나 간격을 벌리는 천풍이다.

"누구십니까?"

한층 더 경계를 높이며 물었다.

"나 말인가?"

중년인이 입가에 의미모를 미소를 머금었다.

"나는 아극소라 하네."

"……?"

"흑지 비사천문의 주인이라 하면 알겠는가?"

"……!

제8장

무림의 명운을 놓고 소악귀 이진하의 시험에 들다

그야말로 망치로 머리를 한 대 얻어맞은 것 같았다.

난데없이 흑지 비사천문의 주인이라니?

믿을 수 없었다.

아니, 믿기지 않았다.

하지만 믿지 않을 수도 없었다.

흑지 비사천문의 주인이 아니라면 어느 누가 도제와 금천우에 비견되는 존재감을 보여 주겠는가. 도제와 금천우에 비견되는 거인이 그에게 하찮은 농지거리나 하고 있을 리도 없었다.

'한데, 왜 날……?'

적진의 한복판이었다. 신분이 탄로 난다면 아무리 흑지

비사천문의 주인이라도 목숨을 부지하기 어려울 것이다. 아니, 이미 자신에게 그 신분을 밝혀 버리지 않았는가?

왜 이런 위험을 감수하면서까지 자신을 찾아온 것일까?

'복수?'

이제 와 수하들을 죽인 것에 대해 복수라도 하려는 것일까?

아니, 그것보다…… 이 눈앞의 중년인이 흑지 비사천문의 주인이라면 그럼 그 옆의 미소년은 또 누굴까?

천풍의 시선이 자연스레 미소년에게로 옮겨졌다.

생긴 것만큼이나 영민한지 천풍의 시선이 닿자 그 즉시 그 의미를 파악하고는 급히 손을 휘휘 내젓는다.

"이봐요. 천풍 형님. 천풍 형님이라 불러도 되죠? 아니면 옥면 형님이라 부를까요?"

생긴 것과는 달리 넉살이 좋다.

"아무튼 저는 흑지 비사천문의 사람이 아니에요. 이래 봬도 중원 무림의 순수 혈통이라고요."

천풍이 눈살을 찌푸렸다.

중원 무림의 순수 혈통이라면서 흑지 비사천문의 주인과 같이 다닌다? 흑지 비사천문의 주인과 같이 있으면서 저 태연자약함은 또 뭐란 말인가?

천풍의 의문 가득한 얼굴을 보며 미소년이 재미있다는 듯 히죽 웃어 보인다.

"중원 무림의 순수 혈통께서 왜 흑지 비사천문의 문주와 어울리고 있냐는 거죠?"

역시 영민하다.

"거래를 하기로 했거든요."

"거래?"

"차후 중원 무림의 통치권을 갖는 조건으로 마황성이 흑지 비사천문을 돕는다는 거죠. 물론 이름만 통치지 실상은 흑지의 꼭두각시 노릇이나 하는 거겠지만요. 그래도 상관없어요. 어차피 같은 동족의 손에 멸문지화를 당하는 것보다는 그 편이 백 배 천 배 나으니까."

미소년의 말을 들으면 들을수록 더욱 혼란스럽기만 하다. 그리고 더더욱 미소년의 정체가 궁금해진다.

대체 이 어린 소년이 누구이기에 흑지 비사천문이 중원 무림의 통치권까지 걸고 거래를 한단 말인가?

"마황성의 소악귀에 대해서 못 들어 보셨어요?"

'마황성의 소악귀?'

못 들어 봤다.

"하긴, 그렇게 부르는 사람은 검문의 그 성질 더럽고 성격 괴팍한 아저씨 정도뿐이니 모를 만도 하네요. 좋아요. 그럼 마선동(魔仙童) 이진하(李陳何)라고 하면 아시겠어요? 세상 사람들은 절 그렇게 부르거든요."

"……!

마선동 이진하라는 이름은 들어봤다.

"마황성주……."

아무리 무림사에 별 관심을 두지 않는 천풍이지만 적어도 마선동 이진하가 마황성주의 이름이라는 것 정도는 알고 있었다.

"예, 맞아요. 제가 바로 마황성의 주인이에요."

이진하가 어깨를 으쓱해 보이며 싱긋 웃어 보였다.

역시 티끌 한 점 없이 깨끗하고 순수한 웃음이다.

천풍은 도무지 정신을 차릴 수가 없었다.

흑지 비사천문의 주인만 해도 놀랄 노잔데, 거기에 더해서 무림사세의 하나인 마황성의 주인이라니?

이게 대체 다 무슨 일인가 싶었다.

아극소는 왜 자신을 찾아온 것이며 이진하는 왜 무림을 배신한 것인지, 숨기고 감춰도 모자랄 판에 마황성이 중원 무림을 배신했음을 왜 모조리 자신에게 털어놓는 것인지 도무지 알 수 없는 일투성이다.

대체 이들의 목적이 뭐란 말인가?

"내가 자네를 찾은 이유, 그 첫 번째는 옥면신룡이란 자에 대해 심히 궁금했기 때문이네. 워낙에 말들이 많아서 말이네. 해서 옥면신룡이란 자를 내 두 눈으로 직접 확인해 보고 싶었지."

아극소가 그렇게 말했다.

“그럼 두 번째 이유는 무엇입니까?”

“그거야 당연히 자네를 죽이고자 함이지.”

“……”

“자네만이 아니네. 의혈단이라고 했나? 이곳에 있는 무림맹의 인간들은 모조리 도륙을 내 버릴 생각이었지.”

허세도 허풍도 아니다.

아극소의 입에서 흘러나오는 담담한 말은 무서울 만큼 진정성이 있었다.

“이를 위해서 내 수하 2천이 십 리 밖에서 내 명령만을 기다리며 대기하고 있네. 그들 2천이면 이곳에 있는 의혈단쯤은 깡그리 몰살시킬 수 있을 것이네. 아니, 능히 그럴 수 있을 거라 생각을 했었지. 자네를 보기 전까진 말이야.”

“무슨 뜻입니까?”

“자네가 조금 전 형산파 제자를 상대로 보여 준 그 한 수 말이네. 그 한 수를 보고 나니까 정신이 번쩍 들더란 말이지.”

아극소가 말하는 한 수란 조운을 상대로 주먹을 날리고 이어서 위서량을 흘려 넘긴 후 다시 조운의 턱을 걷어찬 그 일련의 동작을 말하는 것이었다.

위서량은 물론이고 천풍 스스로도 그저 자연스레 천극신공을 얻었을 뿐 대수롭지 않게 생각한 그 한 수가 아극소의 눈에는 실로 특별하게 보였다.

"그리고 깨달았지. 옥면신룡은 세상에 알려진 것보다 더 무서운 존재라는 것을 말이야. 내가 자네를 너무 경솔히 생각했다는 것도. 현천문도 마찬가지고. 자네의 손을 거친 현천문이 그리 호락호락할 리가 없을 테니까. 십 리 밖에서 대기하고 있는 2천의 형제들만으로는 어쩌면 부족할지도 모른다는 생각도 들더군."

"그래서요?"

"그래서 관두기로 했네. 자네를 죽이는 것도, 의혈단을 몰살시키는 것도. 사실 굳이 서두를 필요는 없는 일이거든. 게다가 이대로 간단히 끝내 버리기에는 내 호기심이 너무 커져 버렸단 말이지."

심히 선심을 쓴다는 어투였다. 그런데도 그 거만한 어투가 전혀 어색하지도 불쾌하지도 않았다.

그런 면에서 가히 금천우와 쌍벽을 이룬다. 물론 거만함만이 아닐 것이다. 그 실력 또한 금천우에 못지않을 것이다. 그도 그럴 것이 중원 무림을 피로 물들이고 있는 흑지비사천문의 군주가 아니던가.

"그래서 말인데, 내 하나만 물어보지."

"……?"

"조금 전 그 한 수 말이네. 대체 뭐였나? 분명 결의 무예는 아니었는데 말이야."

아극소의 말에 흠칫 놀라는 천풍이다.

"결의 무예를 어떻게 아십니까?"

천풍의 의아함 가득한 질문에 아극소가 대수롭지 않다는 듯 실소를 머금는다.

"내가 모시는 분이 누구인지 몰라서 묻는 겐가?"

"아……!"

도제 백무강.

도제 백무강이 흑지 비사천문과 관계가 있다는 소문이야 들었다. 하지만 믿지 않았었다. 단 한 번 만난 것에 불과하지만 그가 느낀 도제는 이런 무시무시한 일을 벌일 만큼 악한 자도 아니었고 자신의 이름을 피로 더럽힐 만큼 경망된 자도 아니었다.

그래서 그저 근거 없는 뜬소문이겠거니 했었다.

한데 흑지의 주인이라는 자가 결의 무예를 알고 있다. 천풍이 결의 무예를 익히고 있다는 것도 알고 있다.

뜬소문으로만 생각했던 것이 이제야 현실로 와 닿았다.

"자네가 이곳으로 오고 있다는 소식을 듣고 이렇듯 한달음에 달려온 것도 실은 그것을 확인하고자 함이었네. 자네의 결의 무예를 보고 싶어서 말이야. 대군의 것과 자네의 것이 과연 같은 것인지, 만일 다르다면 얼마나, 어떻게 다른 것인지……."

아극소의 말은 담담했지만 그것을 듣는 천풍은 그럴 수 없었다.

두려움이 심장을 조이는 느낌이었다.

결의 무예를 알고 천풍이 결의 무예를 익혔음도 알면서 이렇게 태연히 천풍을 죽이러 왔다고 한다.

결의 무예라는 그 절대적인 무력 앞에서도 저토록 태연할 수 있다는 것이 천풍을 두렵게 했다.

도제에게 그랬던 것처럼 어쩌면 결의 무예가 통하지 않을지도 모른다.

하지만 결 자체가 존재하지 않았던 도제와는 달랐다. 틈새의 결도 맺음의 결도 선명했다. 오히려 금천우처럼 무수히 많은 결이 보였다. 금천우가 그랬던 것처럼 너무 많아서 차라리 없는 것처럼 느껴질 정도였다.

"한데 내가 보고자 한 건 결의 무예인데 정작 보게 된 건 다른 거란 말이야. 지금 내 기분이 어떤지 아는가? 천하절경의 경치를 보러 갔다가 천하절색의 여인을 만난 기분이라네. 아무리 천하절경이라 한들 사내대장부가 아름다운 여인을 앞에 두고 그깟 경치가 눈에 들어오겠는가 말일세. 대체 그건 뭐였나?"

순수하다 싶을 만큼 노골적인 호기심을 드러내며 눈을 반짝인다.

금천우와 비슷한 듯하면서도 다르다.

금천우는 모든 일에 거침이 없으면서도 치밀한 계산하에 움직인다면 이 사내는 그야말로 즉흥적이고 감정적이다.

그래서 더 무섭다.

어디로 튈지 짐작이 되지 않는다.

천풍은 잠시 주저했다.

이렇게 무서운 사람에게 자신의 가진 패를 까발리는 것이 현명한 일은 아닌 것 같았다.

즉흥적이고 다분히 감정적이라 할지라도 섣불리 어설픈 거짓으로 기만할 수 있는 상대가 아니었다. 그렇다고 무시하고 외면할 수도 없다.

자칫 심기라도 상하게 했다가는 그가 어떻게 반응할지 모르는 일이다. 그 분노의 칼끝이 의혈단을 향하게 될 수도 있고, 어쩌면 그동안 벼리고 벼린 칼날을 무림을 향해 포악하게 휘둘러 버릴지도 몰랐다.

숨기고 피해서 될 일이 아니다.

물론 그렇다고 자신의 패만 보여 줄 만큼 손익 계산에 아둔한 천풍은 아니었다.

"그 전에 하나만 묻겠습니다."

주는 게 있으면 받는 것도 있어야 했다.

"말해 보게."

"결의 무예도 아시고 제가 결의 무예를 익힌 것도 아신다 했습니다. 그럼에도 저를 죽이러 왔다고 했습니다. 하면, 결의 무예에 파해법(破解法)이라도 있다는 말씀입니까?"

결의 무예, 그리고 파해법.

자신이 익힌 것이 결의 무예라 부른다는 것을 알게 된 후부터 줄곧 안고 있던 화두였다. 아니, 정확히는 도제 백무강도 그와 같이 결의 무예를 익혔다는 것을 알게 된 후부터였다.

결이 보이지 않던 도제였다. 반대로 도제 앞에 자신의 결은 무방비로 노출당했었다.

그야말로 도제 앞에서는 한없이 무기력해질 수밖에 없는 처지, 지금처럼 적대적인 관계가 될 거라고는 전혀 생각지도 못했지만 그렇다고 해도 그 같은 천적 관계가 달가울 리가 없었다.

그래서 파해법을 찾았다.

그러나 결의 무예에 파해법이란 존재하지 않았다.

적어도 고심 끝에 천풍이 내린 결론은 그랬다.

사실이 그러한데 아극소에겐 정말로 그 파해법이 있기라도 한 것일까?

천풍이 절반의 기대와 절반의 의심을 담아 아극소를 보았다.

하지만 아극소의 대답은 천풍의 기대를 간단히 저버렸다.

"파해법은 몰라."

"……."

"그래도 뭐, 어떻게든 상대할 수는 있지 않겠어?"

"어떻게든…… 이라면?"

"어떻게든 말이야. 어떻게든. 내 경험으로는 말이야. 뭐든 칼을 맞대다 보면 방법이야 다 생기더란 말이지."

아극소가 천풍을 보며 피식 웃어 보였다.

참으로 무성의하기 짝이 없는 대답이었다.

자신감 또한 과도하게 넘친다.

하지만 천풍의 귀에는 그것이 결코 무성의하게 들리지 않았다. 그 자신감 또한 과도하게 느껴지지 않았다.

진실을 이야기하고 있다.

진심으로 그렇게 생각하고 있다.

당장에 파해법은 없을지라도 천풍과 직접 겨루다 보면 정말로 결의 무예를 꺾어 버릴 것만 같았다.

물론 어디까지나 그런 기분이 든다는 것뿐이다.

'그럴 리가 없지.'

그가 아는 결의 무예란 것은 사람이 측량할 수 있는 것이 아니었다. 도제도 그랬다. 세상을 버려야지만 얻을 수 있는 것이 결의 무예라고. 세상 속에 있어서는 결코 결의 무예를 얻을 수 없다고.

단 하나의 예외가 있다면,

'한데 나는 그렇게 내 모든 것을 버리고 세상으로부터 버림을 받았는데, 너는 어찌하여 모든 것을 다 가지고도 그것을 얻을 수가 있었더란 말이냐!'

바로 천풍이었다.

"자, 그럼 자네 질문에는 대답을 했으니 이제 내 질문에 대답을 해 줄 차례겠지? 대체 뭔가? 그리 짧지 않다 생각하는 내 식견으로도 알 수가 없는 그건 대체 뭐였던 건가?"

마침내 돌아 돌아서 다시금 물어 온다.

천풍은 더는 숨기지도 외면하지도 않았다.

"천극신공입니다."

"천극신공?"

그 역시 생소했는지 아극소가 눈살을 찌푸린다. 그러다 무슨 생각이 들었는지 눈에 이채를 띠며 묻는다.

"천극지상이라고 하더니 거기서 따온 건가?"

천풍이 천극지상을 타고났다는 것도 알고 있는 모양이었다.

천풍은 이 사내가 자신에 대해 정말 모르는 게 없다고 생각하며 고개를 끄덕였다.

"그렇습니다."

천풍이 고개를 끄덕이자 아극소의 눈이 한층 더 강렬하게 반짝였다.

"하면 자네가 만들었다는 말인가?"

"아직 완성된 것은 아닙니다."

"완성된 것이 아니다?"

"이제 첫걸음을 뗀 것에 불과합니다."

"이제 첫걸음을 뗀 것에 불과하다? 하하! 그게 고작 첫걸음을 뗀 것에 불과하단 말이지? 하하하하! 좋아! 이래저래 오늘은 참을 수밖에 없군. 첫걸음 정도에 맛을 보기엔 너무 아까우니까. 하나, 다음에 만날 때는 참지 않을 것이네. 그러니 다음에 만날 때까지는 최대한 많은 걸음을 걸어 두게나. 그래야 자네를 죽이는 게 아깝게 느껴질 테고 그래야 또 그 다음을 기약할 수 있을 테니까 말이야."

한바탕 호탕하게 웃어 보이고는 미련 없이 몸을 돌린다.

그 존재감만큼이나 그가 서 있던 공간에도, 천풍의 가슴에도 커다란 빈자리를 남긴 채 아극소는 그렇게 떠났다.

천풍은 한참을 아극소가 사라진 방향에서 시선을 떼지 못했다.

진한 아쉬움이 거기에 머물러 있었다.

눈앞에 있을 때는 전혀 생각지 못했는데 막상 이렇게 떠나 버리고 나니 뜨거운 것이 끓어올랐다.

붙어 보고 싶다.

한번 제대로 싸워 보고 싶다.

익숙지 않은 승부욕이 진한 아쉬움을 만들어 내고 있었다. 게다가 천극신공을 시험하기에 이보다 더 좋은 상대도 없을 터였다.

"조급해할 것 없어요. 앞으로 기회야 얼마든지 있을 테니까."

그렇게 위로의 말을 건넨 것은 진하였다.

천풍은 미간을 찡그리며 진하를 보았다.

"제게 더 용건이 있습니까?"

"당분간 신세 좀 지려고요."

"당분간 신세를 진다니…… 저희와 동행이라도 하겠다는 말씀이십니까?"

"그러려고요."

진하의 대수롭지 않다는 듯한 반응에 천풍의 찡그린 미간에 더욱 깊은 주름이 잡혔다.

"마황성은 흑지와 거래를 했다 하지 않았습니까?"

무림을 두고 흑지와 거래를 한 마황성의 주인이 왜 흑지가 아니라 무림맹 의혈단과 동행을 하겠다는 것인가?

"거래를 하기로 한 거지 아직 거래를 한 건 아니거든요. 그러니까 마황성은 어디까지나 아직은 중립이라는 거죠. 자칫 한 발을 잘못 내디디면 그야말로 천애 절벽으로 떨어질 수도 있는데 어떻게 간단히 결정을 내릴 수는 없지 않겠어요? 신중하고 또 신중해도 모자란 것이 작금의 현실이잖아요. 지금은 확신이 서지 않아요. 흑지 비사천문에도, 무림맹에도…… 바로 천풍 형님 때문에요."

"저 때문이라구요?"

"저도 천풍 형님이 궁금해졌거든요. 결의 무예니 천극신공이니 그런 건 잘 모르겠지만 흑지 비사천문의 주인이 그렇게까지 신경을 쓸 정도라면 세상에 알려진 것보다 어쩌면 더 대단한 사람일지도 모르잖아요. 그럴 리야 없겠지만 혹시라도 무림의 판세를 바꿔 버릴 정도의 힘을 가지고 있는 거라면 마황성의 명운을 어디에다 걸어야 할지 다시 한 번 생각해 봐야죠. 그러니까 좀 더 가까이서 지켜보려고요. 천풍 형님이 과연 믿고 의지할 만한 사람인지, 흑지 비사천문은 물론이고 정파라 칭하는 모든 위선자들로부터 우리 마황성을 지켜 줄 수 있는 힘이 과연 현천문에 있는지 말이에요."

"그만한 힘이 없다면?"

"그야 미련 없이 흑지 비사천문과 손을 잡는 거죠."

이진하가 천진난만하게 웃어 보인다.

물론 이제는 그 천진난만한 웃음이 전혀 천진난만하게만 보이지 않는다.

"제가…… 만일 성주의 정체와 마황성이 흑지와 손을 잡으려 한다는 사실을 폭로하기라도 한다면, 그래서 이곳에서 변을 당하기라도 하신다면 어찌하실 겁니까?"

그렇게 되면 목숨이 열 개라도 부지하지 못할 것이다.

"그렇게는 못 할 걸요?"

"……."

"제가 이래 봬도 마황성의 성주예요. 여기서 제가 죽기라도 하면 마황성이 가만있을 것 같아요? 그때는 그야말로 흑지와 마황성이 손을 잡게 되는 거예요. 외부의 적만으로 상대하기 벅찬 중원 무림이 내부의 적까지 죽기로 덤빈다면 그걸 감당할 수 있을 것 같으세요? 설혹 천풍 형님이 역발산기개세의 영웅이라고 해도 전세를 뒤집진 못할 거예요. 혹여 뒤집을 수 있다고 해도 그 피해는 공멸에 가까울 정도로 실로 참담한 지경이 되겠죠."

천풍은 아무런 대꾸도 하지 못했다.

열대여섯이나 되었을까 싶은 앳된 얼굴이지만 그 심계는 도무지 그 나이 또래의 것이 아니었다.

그야말로 이보다 더 마황성의 주인다울 수가 없다.

"그러니까 너무 야박하게 그러지 마세요. 이게 다 살아보자고 하는 짓 아니겠어요? 그리고 아까부터 자꾸 거슬리는데, 거 말씀 좀 낮추세요. 거리감 느껴지게 왜 이래요? 이아우 정말 서운하다고요."

상대는 마황성주였다. 나이가 어리다고 함부로 말을 틀 수 있는 신분이 아니었다.

"저는 이대로가 좋습니다.

게다가 애당초 말을 트고 싶은 마음도 없었다. 일부러라도 거리를 두고 싶은 게 솔직한 심정이었다.

"정말 그러실 거예요? 자꾸 이리 섭섭하게 하시면 저 확 흑지에 붙어 버릴 거예요? 저한테 이렇게 거리를 두신다는 건 마황성을 지켜 줄 의사가 전혀 없다는 것이니 저로서도 달리 선택할 길이 없잖아요. 안 그래요?"

"……."

"좋아요. 까짓 한번 피 칠갑을 해 보자고요. 시체로 산을 만들고 피로 바다를 채워 보죠 뭐. 그거 참 재미는 있겠네요. 안 그래요?

이진하의 입가에 머금은 미소가 보다 선명해졌다.

농담처럼 내뱉는 말이었지만 결코 농담이 아니다.

지금 이 순간 천풍의 대답 여하에 따라서 정말로 무림은 풍전등화의 위기에 처하게 될지도 몰랐다.

스스로를 소악귀라 칭한 이유를 비소로 알 것 같았다.

저 천진한 얼굴 뒤로 얼마나 무서운 얼굴이 존재할지 감도 오지 않는다.

'귀신…… 아니, 괴물인가?'

어쨌든 앞으로의 여정이 심히 골치 아프게 된 것만은 분명했다.

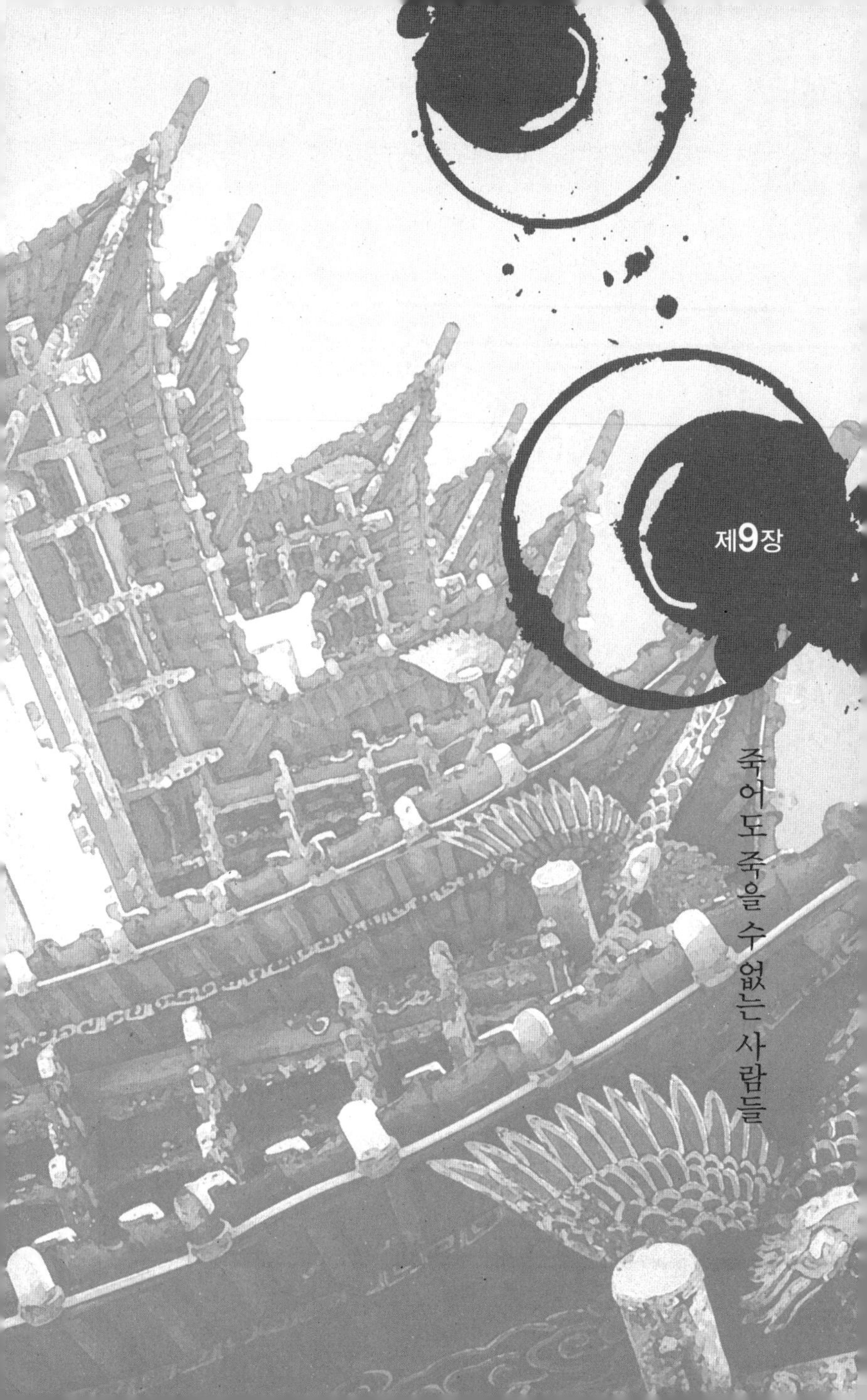

제9장

죽어도 죽을 수 없는 사람들

이튿날 아침이었다.

마등이 창백해진 얼굴로 부리나케 천풍을 찾아왔다.

"어, 어째서……."

"무슨 일이십니까?"

천풍은 그저 의아할 뿐이다.

"대체 어째서입니까?"

"그러니까 뭐를 말씀하시는 것인지?"

"그 소악귀가 왜 여기에 있는 거냔 말입니다!"

천풍은 그제야 마등이 이렇게 달려온 것이 이진하 때문임을 알았다.

'가만, 마황성주에게 듣기로 자신의 얼굴을 아는 사람은

아무도 없을 거라 했는데……?'

그래서 동행을 하는 동안 되도록이면 자신의 신분은 알리지 말아 달라고 했었다. 한데 그런 이진하의 말과는 달리 마등이 이진하의 신분을 대번에 간파해 버렸다. 그래서 잠깐 당황했다.

하지만 이내 그 이유를 알았다.

'그러고 보니 마 호법은 마황성 출신이라 했었지…….'

마황성 출신이니 이진하의 얼굴을 아는 것도 하등 이상할 게 없었다. 그러나 마등을 보는 천풍의 눈에는 여전히 의혹 하나가 남아 있었다.

'한데 왜 저런 표정인 거지?'

마등의 표정은 어떻게 봐도 호의가 아니었다.

공포와 경계와 적의가 복잡하게 얽혀 있었다.

마립에게 듣기로 마등이 마황성을 나온 것은 파벌 때문이라고 했다. 그리고 마등은 이진하의 스승인 마군자 담우광 쪽에 줄을 섰다고 했다.

'하지만 안타깝게도 담우광은 야심이 없는 인물이었습니다. 야심도 없고 성향도 맞지 않으니 권력에서 겉도는 거야 당연한 일이었지요. 그런 담우광에 반해 전대 성주의 둘째 제자 엄승(嚴承)은 야심이 많고 교활한 자였습니다. 담우광이 겉도는 동안 마황성의 요직을 자신의 사람들로 채웠지요. 그때 아우가 줄을 대고 있던 상관이 잘려 나가면서 아

우도 덩달아서 같이 잘려 나간 것입니다.'

마군자 담우광의 편에 줄을 섰다면 이진하와는 같은 파벌인 셈이다. 이렇게까지 거부감을 드러낼 관계가 아니었다.

천풍은 그런 의아함을 품은 채로 마등에게 대답했다.

"뜻하지 않게 상황이 그리되어 당분간 본문과 같이 동행을 하기로 했습니다만……."

"절대로 안 될 일입니다!"

천풍은 마등의 격한 반응에 눈살을 찌푸렸다.

"무엇이 잘못되었습니까?"

"잘못되다마다요! 혹시 문주께서도 저 순진한 얼굴에 속으신 겁니까?"

"그게 무슨 말씀이신지……?"

"분명히 말씀드리지만 그 순진한 얼굴에 절대 속으시면 안 됩니다. 가능하면 상종도 않는 것이 상책입니다. 지금이라도 당장 내보내셔야 합니다!"

"마 호법께서 왜 이러시는지 도무지 모르겠군요. 왜 이러시는 건지 상세히 좀 말씀해 주시겠습니까?"

"그 소악귀는 말입니다. 사람의 마음을 조종한단 말입니다!"

천풍은 아까와는 다른 의미로 눈살을 찌푸렸다.

"사람의 마음을 조종한다니…… 섭혼술이라도 쓴다는

말씀입니까?"

스스로 말해 놓고도 황당하고 유치하기 이를 데 없다.

섭혼술이라니? 전설 속 영웅담에서나 나올 법한 사술이 아닌가.

천풍도 그저 농담조로 뱉은 말이었다. 한데 마등은 사뭇 진지하고 심각하게 고개를 끄덕인다.

"바로 그렇습니다. 섭혼술을 쓰는 것이 틀림없습니다."

"허……."

이걸 웃어야 할지 울어야 할지 모르겠다.

섭혼술이라니?

'아무렴 그런 게 가능할 리가 있을라고?'

실제 섭혼술이 가능했다면 이진하가 생존을 위해 흑지비사천문과 손을 잡을 이유가 없다. 사람 마음을 마음대로 조정할 수 있다면 생존은 물론이고 천하통일인들 못 이루겠는가 말이다.

하지만 그러한 불신 가운데서도 마등은 한술 더 떴다.

"섭혼술만이 아닙니다. 그 소악귀는 사람의 마음을 가지고 있지도 않습니다. 그야말로 마귀입니다!"

그러고 보니 저 말은 마립을 통해서도 들었다.

'아우의 말로는 마선동에겐 사람의 마음이 없다고 하더군요. 그야말로 순정지악(純情至惡)이라는 거지요.'

천풍은 새삼 이진하를 떠올려 보았다.

물론 순하고 착해 보이는 얼굴이 전부가 아니란 것은 그도 충분히 알고 있었다. 그 심계도 나이에 걸맞지 않게 깊고 음흉하다는 것도 알고 있었다.

하지만 그래 봤자 어린 소년이다.

그 어린 소년을 그렇게까지 매도하는 마등의 말이 잘 와닿지가 않았다.

천풍의 표정에서 그러한 마음을 읽었는지 마등이 덧붙였다.

"제가 마황성을 나온 이유를 아십니까?"

마등이 마황성을 나온 이유야 알고 있었다.

"파벌 때문이라고 들었습니다만……?"

"물론 그 이유도 있습니다만 아무렴 제가, 이 마등이 그깟 파벌 싸움에 밀려서 평생의 주인으로 모셨던 분을 등졌겠습니까?"

그러고 보면 마등이 가장 존경해 마지않는 인물이 마군자 담우광이라고 했었다. 의리 하나에 무식할 만큼 물불을 가리지 않는 마등이 고작 파벌 싸움에 밀려 쫓겨났다고 순순히 물러날 만큼 그렇게 충심이 얕을 리도 없었고 그렇게 고분고분할 리도 없었다.

"마선동 이진하, 그 소악귀 때문이었습니다."

"흠……."

"소성주께서 그 소악귀를 마황성으로 데리고 왔을 때,

단 한 명 소악귀의 그 순진무구한 얼굴에 의심을 품은 사람이 있었습니다. 바로 마황성의 전대 성주 무영마존(無影魔尊) 장백일(長白一)입니다. 전대 성주께서는 그 즉시 제가 몸담고 있던 마천각에 소악귀에 대한 조사를 명했고 그것을 담당한 것이 저와 제 상관이었습니다."

그리해 이진하의 행적을 쫓았다.

"소성주가 그와 사제의 연을 맺기 전, 장백에서 그를 2년간 정성으로 거두었던 부부가 있었습니다. 한데 소성주가 그를 제자로 삼은 그날 그 부부는 그들의 집에서 목을 매고 자결을 했습니다. 그들 부부의 어린 아들은 그 후로 광인이 되었고요."

"그럼 그게 이진하의 짓이란 말씀입니까?"

"부부의 시체에 글귀가 하나 남겨져 있었다고 하더군요. '형도 이제 비렁뱅이 고아야.'라는…… 친자식보다 아꼈던 그들 부부와는 달리 그들 부부의 아들은 그 소악귀를 심하게 괴롭혔다고 합니다. 매일 매질이 끊이지 않았고 비렁뱅이 고아라는 욕설도 자주했다고 합니다."

"설마 고작 그 앙갚음을 위해 친자식처럼 돌본 부부를 자살케 했다는 겁니까? 이진하가?"

"확증은 없습니다. 하지만 확신은 있습니다."

"하지만 어떻게요? 그 어린아이가 무슨 수로 부부를 자살케 했다는 겁니까?"

"섭혼술입니다."

잠시 잊고 있던 단어가 또 나왔다.

"장백에서부터 소악귀의 행적을 거슬러 가던 중에 산서성에서 이장도라는 포두를 만났습니다. 그가 그러더군요. 분명 섭혼술일 거라고. 자신도 섭혼술에 당해서 그 소악귀의 살인을 방조하고 심지어 도주를 도와주기까지 했다고."

"살인을 방조했다니…… 거기에서도 무슨 일이 있었습니까?"

"소악귀가 살던 곳은 이가촌이라는 마을이었습니다. 한데 어느 날 이가촌 오십여 가구가 모조리 불에 타 한 줌 재로 변했습니다. 유일한 생존자가 바로 소악귀였죠. 당시 그 지역 산음현 일대의 최고 유지였던 천가장의 주인 천도판이란 자가 그를 맡아 돌보기로 하고 입양해 갔습니다. 결코 좋은 의도는 아니었다고 합니다. 그 천도판이란 자가 어린 사내아이들을 상대로 남색을 즐긴다는 소문이 파다했다고 하더군요."

"그럼 이진하를 입양한 것도……."

"아마도 그랬던 것 같습니다만…… 하지만 그자는 자신의 음심을 채워 보기도 전에 살해를 당했습니다."

"……."

"당시 검시관의 말로는 마치 고문을 하듯이 살점을 한 점 한 점 포를 뜨며 서서히 죽였다고 하더군요."

"그럼 그것도 이진하의 짓이었다는 말씀입니까?"

"이 역시 확증은 없습니다. 하지만 그 이장도라는 포두는 확신을 하고 있었습니다. 그리고 차후에 밝혀진 사실인데 소악귀가 살던 이가촌이 사실은 수십 년 전 그 지역 일대를 한바탕 피바람으로 몰고 간 혈교의 비밀 분타였다고 합니다."

"혈교……?"

"무림에 잘 알려지진 않았지만 자식이 부모를 죽이고 부모가 자식을 죽이는 일이 그 안에서 비일비재하게 일어났다고 하는, 그야말로 광신도들의 집단입니다. 그리고 그들이 신도들을 따르게 하는 방법 중 하나가 바로 섭혼술이었다고 하더군요. 이장도라는 포두는 이가촌 오십여 가구를 몰살시킨 그 화재도 분명 이진하의 짓이었을 거라고 굳게 믿고 있었습니다."

들으면 들을수록 섬뜩하고 무서운 일이었다.

반신반의.

믿으려니 너무 무서운 일이고 안 믿으려니 이야기들이 너무 딱딱 맞아떨어진다.

"전대 성주가 지시를 한 것이라면 그 일도 보고를 받았을 것 아닙니까?"

한데 어찌 그런 악귀를 그냥 두었을까?

"저도 제 상관으로부터 전해 들은 것에 불과합니다만 무영마존은 그 보고를 듣고 오히려 즐거워했다고 하더군요.”

“즐거워했다고요?”

“소성주처럼 너무 반듯한 성품보다 차라리 악귀인 쪽이 마황성의 주인 자리에 더 걸맞다는 거였겠죠. 어쨌든 그로부터 일 년쯤 지나서 파벌 문제가 있었습니다. 무영마존의 둘째 제자 엄승이 실권을 장악했고 소성주의 계파였던 마천각이 숙청을 당했습니다. 그때 저도 미련 없이 마황성을 나왔습니다. 소성주를 위하는 것이 곧 그 소악귀를 위하는 일이 된다고 생각하니까 오만 정이 다 떨어져 버려서…….”

그렇게 마둥의 길었던 이야기가 끝이 났다.

적잖이 충격을 받은 천풍이다.

마둥의 말이 모두 사실이라면 이진하는 이미 사람이 아니었다.

“대체 왜 그자가 우리와 동행하는 것입니까?”

그렇게 물어 오는 마둥의 말투는 처음보다는 상당히 차분했다.

긴 이야기 동안 마둥도 어느 정도 이성을 찾은 모양이었다.

천풍은 잠시 고민했다.

혹지 비사천문과 얽힌 일을 과연 말해 주어야 할지 선뜻 결정을 내리기가 어려웠다. 하지만,

“죄송하지만 그건 말씀드릴 수가 없습니다.”

아무리 생각해 봐도 함부로 떠들 내용이 아니었다.

그것이 설혹 이진하의 신분을 알고 있는 마등이라 해도 마찬가지였다.

자칫 그 일이 밖으로 새어 나갔다가는 현 무림의 존망마저도 장담할 수 없는 일이 되고 마는 것이다.

"그냥 이대로 내보낼 수는 없습니까?"

"예, 그럴 수 없습니다. 또한 마 호법님도 마황성주의 신분에 대해서는 철저히 함구해 주셔야 할 것입니다."

천풍의 무거운 말투에 사태의 심각성을 어느 정도는 눈치를 챈 마등이다. 그래서 궁금하긴 했지만 거기에 대해서 더는 따져 묻지 않았다.

"그럼 대신 하나만 더 묻겠습니다. 그자와의 동행을 어디까지, 언제까지 해야 합니까?"

"어디까지일지, 언제가 될지는 지금으로서는 단정 지어 말씀드릴 수가 없습니다."

무엇하나 확실하게 대답해 줄 수 있는 것이 없다.

천풍의 곤란해하는 표정을 보며 마등이 답답한 듯 '끄응' 앓는 소리를 냈다. 그러다 체념조로 말했다.

"무슨 이유로 그 소악귀와 동행을 해야 하는지는 모르겠지만 아무튼 문주님께서도 항상 경계하고 조심하셔야 할 것입니다. 그가 무슨 말을 하던 그것을 온전히 믿어서도 안 됩니다. 그 속에 무슨 꿍꿍이가 숨어 있을지 모르는 일입니다. 무엇보다 섭혼술에 걸리지 않도록 철저히 대비를 하셔야 합니다."

못내 안심이 되지 않는 모양이다.

"예, 그러겠습니다. 저 역시 남의 꼭두각시가 되는 것만큼은 사양하고 싶으니까요.

천풍도 걱정이 되긴 했다.

엄청난 이야기를 들어 버렸으니 그럴 만도 했다. 하지만 여전히 섭혼술에 대해서만큼은 반신반의하는 그였다.

그날부터 천풍의 시선은 이진하를 좇았다.

천극신공을 위해 할애하는 시간을 제외하고는 줄곧 이진하에게서 눈을 떼지 않았다.

그러나 특별히 이상한 점은 발견되지 않았다.

다만 그사이의 변화라고 한다면 단화영과 친남매지간처럼 가까워졌다는 것이다.

혹시나 섭혼술로 단화영을 호린 것은 아닐까 의심도 해 봤지만 특이할 만한 것은 보이지 않았다. 순전히 사람의 마음을 훈훈하게 하는 순진무구한 웃음 때문이었다. 그리고 미소년에 대한 단화영 개인의 취향도 한몫을 했다.

지금도 천풍은 이진하를 보고 있었다.

이진하 또한 여느 때와 마찬가지로 단화영과 어울려서 흐뭇하고 화기애애한 장면을 연출하고 있었다.

그때 천풍의 곁으로 마화가 다가왔다.

"호호. 드디어 연적의 출연인가요?"

짓궂게 건네는 한마디.

"그림처럼 예쁘게 생긴 데다가 재밌게 말도 잘하고 어리기까지 한 데다 눈웃음은 또 어찌나 귀여운지…… 그야말로 사랑받기 위해 태어난 아이네요. 이래서야 어디 문주님이 상대가 되겠어요? 일찌감치 체념하시고 그냥 제 가슴에 얼굴을 묻으시는 게 어떻겠어요? 그럼 제가 뜨겁게 실연의 아픔을 달래 드릴 텐데요."

현천문을 세우고 상하 관계가 보다 명확해진 후부터는 한동안 가슴 얘기를 안 하던 마화였다. 그나마 그 눈빛이 끈적끈적하지 않고 짓궂은 장난기만 보여서 예전처럼은 그리 불편하지 않았다.

"저 아이…… 대체 누구죠? 평범한 아이는 아닌 것 같은데…… 둘째 오라버니께서는 뭔가 알고 있는 것 같은데 무슨 일인지 통 대답도 안 해 주시고, 그저 가까이하지 말라는 말만 반복하실 뿐이니…… 저 아이, 대체 누구예요?"

천풍이라고 그녀가 원하는 대답을 들려줄 리 만무했다.

천풍은 대답 대신 다른 질문을 던졌다.

"마 각주는 도제에 대해서 어떻게 생각하십니까?"

"도제는 왜……?"

천풍의 질문이 뜬금없었던지 마화가 어리둥절해한다.

"혹지 비사천문의 뒤에 도제가 있다는 소문 말입니다. 도제가 도문을 멸문시키고 중원 무림을 향해 이처럼 엄청난 일을 벌이고 있다는 소문이 정말 사실일까요?"

"그야…… 아니 땐 굴뚝에 연기가 나지는 않겠죠. 더구나 청성파의 생존자들로부터 청성파 장문인 송풍검 공손락의 죽음이 도제에 의한 것이라는 명확한 증언도 있었고…… 그 대단한 양반이 왜 갑자기 중원 무림을 배신하고 그런 짓을 벌인 건지는 저도 도무지 이해가 안 되지만 말이에요. 노망이 난 것도 아닐 텐데."

"그럼 어쩌면 남녕에서 만나게 될지도 모르겠군요."

"그럴 수도 있겠죠. 왜요? 두려우신가요?"

도제와 만난다.

그것도 적으로서.

당연히 두렵다.

아극소와 만난 후 줄곧 천풍의 마음을 무겁게 한 것이 도제에 대한 두려움이었다.

'도제 백무강을 적으로 마주하게 된다면 과연 그를 이길 수 있을까?'

그 해답 없는 난제로 인해 천극신공조차 제대로 손에 잡히지 않을 지경이었다.

아무리 궁리를 해 보아도 도무지 길이 없었다.

암담하고 절망스러웠다.

혹여 천극신공을 완성한다면 조금의 가능성이라도 열릴까?

천풍은 이내 고개를 잘래잘래 저었다.

천극신공의 가능성이 과연 어디까지일지 장담할 순 없지만 도제와 천풍의 차이는 무공이 아니라 보다 근본적이고 근원적인 것에 있었다.

사는 세계가 달랐다.

천풍이 감히 상상할 수도 없는 것을 도제는 보고 느끼고 생각하고 있었다.

완전히 다른 차원에서 살고 있는 도제에게 손을 뻗는다고 닿을 리가 만무했다.

'세상을 버린 자…….'

세상을 버렸다고 했다. 그래서 사람이 아니라고 했다.

'하면 도제가 그랬던 것처럼 나 또한 세상을 버린다면 그때는 그와 자웅을 겨룰 수 있을까?'

하지만 방법을 모른다.

세상을 버리는 방법도, 그리해 사람이 아니게 된다는 것의 의미도.

역시 해답이 없다.

무의미한 질문만 반복하고 있을 뿐이다.

그때 문득 천풍의 시야에 객잔 한편에 매어져 있는 풍천이 들어왔다.

팔준의 으뜸인 도려.

그 씨가 귀해서 과연 실존하는지조차 의심이 된다고 했다. 무림에 그 존재가 알려진 것도 고작해야 이백 년 전 신비살수 현천이 타고 다녔다는 것이 전부라고 했다.

그러고 보면 현천이란 이름이 낯설지가 않다.

도제로부터 들었었다.

도제에게 결의 무예를 가르친 사람.

'어쩌면…… 현천이라면 도제를 막을 수 있을지도 모르지만…….'

그러나 이백 년 전 사람이다.

살아 있을 리가 없다.

'죽은 현천이 죽지도 살지도 못하는 나를 비웃으려는 게야.'

도제의 말을 떠올려 보아도 현천은 죽었다.

그럼에도 미련이 남는 것은 역시 풍천의 존재였다.

만일 풍천이 정말로 신비살수 현천이 타고 다니던 도려의 피를 이은 것이라면? 그렇다면 풍천을 그에게 준 그 괴팍한 노인도 현천과 무슨 관계가 있는 것은 아닐까?

'현천의 후손이라거나, 현천의 제자라거나…….'

만일 그렇다면 정말이지 그 노인이야말로 중원 무림에 단 하나 남은 희망일지도 모른다.

'물론 그럴 리야 없겠지만…….'

도무지 인정할 수가 없다.

완전하게 불쾌감으로 남아 있는 노인에 대한 첫인상이 그 하나의 희망마저도 부정하게 만든다. 풍천의 그림 한 장에 신마쾌도라고 불리며 무림인들에게 쫓기는 신세가 되었던 것도 모두 그 노인의 악의적인 장난질 때문이 아니던가.

"그래, 그럴 리가 없지. 암, 그럴 리가 없고말고. 그딴 미친 노인네가 무슨……."

*　　*　　*

"왜 이렇게 귀가 간지럽누? 누가 내 욕이라도 하는 겐가?"

노인은 새끼손가락으로 귀를 긁으며 짜증스레 눈살을 찌푸렸다.

"하긴, 무던히도 오래 살았으니 그만큼 욕먹을 짓을 많이 하기도 했지."

노인은 청성산을 오르고 있었다.

터덜터덜

정확히는 청성산의 청성파를 향하고 있었다.

터덜터덜

힘겹다기보다는 만사가 귀찮다는 듯한 무기력한 걸음이었다.

그렇게 걸은 끝에 청성파 총본산의 산문에 당도했다.

청성파는 이미 과거의 청성파가 아니었다.

멸문지화를 당해 2천에 가까운 제자들이 죽었고 몇몇 생존자는 청성파를 떠나 무림맹에 몸을 의탁한 지 오래였다. 그리해 작금의 청성파 총본산에는 청성파 제자가 단 한 명도 살지 않았다.

대신 거기에는 도제 백무강이 들어앉았다.

다른 이유는 없었다. 청성파 장문인 송풍검 공손락을 죽인 후 도제가 공손락의 처소를 마음에 들어 한 때문이었다.

산문 앞에 당도한 노인은 조금의 주저함도 없이 육중한 무게감을 자랑하는 산문을 밀어젖혔다. 그리고 또한 주저 없이 그 안으로 발을 내디뎠다.

그렇게 그가 지나온 길에는 흑지 비산천문 특유의 흑의 무복을 입은 무사들이 길가 곳곳에 아무렇게나 널브러져 있었다. 그것은 방금 그가 문을 연 산문 입구도 마찬가지였다.

"어떻게……?"

도제는 경악으로 눈을 부릅떴고,

"그러니까…… 오십 년이 넘었나? 그간 잘 지냈는가?"

노인은 그 눈에 반가움을 담았다.

"어르신은 그때 분명……."

"죽었었지."

"……."

"자네의 손에."

"……."

"실은 나도 내가 죽는 줄로만 알았다네. 자네와 나눠 마신 독주는 그만큼 썼으니까. 하나, 보다시피 나는 이렇게 살아 있다네."

"설마……?"

"그래, 나도 몰랐었지만 그때는 이미 나도 자네와 마찬가지로 세상으로부터 버려져 있었던 게야. 그러니까 자네의 질투는 애초에 그 대상이 잘못되었던 거지. 그 덕에 난 괜히 그 쓰디쓴 독주만 마셔야 했고."

'독주…… 로군.'

'해독제는 없습니다.'

'그래, 그렇겠지. 설혹 해독제가 있다고 해도 사양일세. 독주가 이렇게나 쓴데 그 해독제라면 오죽할까. 그 쓴 걸 마실 바에는 차라리 이대로 죽는 게 낫네. 한데…… 왜 그랬나?'

'확인하고 싶었습니다.'

'무엇을?'

'어르신께서도 과연 죽음을 두려워하는지, 아니면 저와

같이 죽음이란 것이 그저 하찮을 뿐인지…….'

'그래서? 자네가 보기엔 어떤가?'

'죽음이 두려워 보이십니다.'

'그런가? 허허. 죽음 앞에 초연해야 하는 것이 무인의 멋이고 나 역시 태생이 무인이라 그 말이 칭찬으로는 들리지 않는군.'

'…….'

'그래서? 날 원망하는가?'

'분합니다. 화도 납니다. 하나 그것은 어르신을 향한 것이 아닙니다. 같이 독주를 마시고도 죽지 못하는 제 무능함이 그저 싫을 뿐입니다.'

'그러지 말게나. 자네가 무능한 것이 아니라 세상이 그저 가혹한 것일 뿐이네.'

'왜 그러셨습니까?'

'뭐를 말인가?'

'독주인 걸 알면서 왜 마셨습니까?'

'오래 살았지 않은가. 이제는 죽을 때가 되었다 생각했네. 그리고…… 자네에게 미안하기도 했고.'

'…….'

'자네가 가질 수 없는 것을 보여 준 죄, 세상의 가혹함을 알게 한 죄, 돌아올 수 없는 길을 가게 만든 죄, 그리해 자네를 억겁의 고통 속으로 밀어 넣은 죄…… 이 독주는 자네에 대한 내 속죄라네. 그래서 흔쾌히 받은 것이네. 다만 한 가지 섭섭한 것은…… 왜 하필이면 독이었냐는 거지. 도제 백무강이라 하면 마땅히 칼이어야 하지 않았나? 자네의 칼이라면 내 기꺼이 받아 주었을 텐데 말이야. 한 사람의 무인으로 그 마지막이 칼이 아니라 독주인 것은 너무 허무하지 않은가.'

칼은 들 수 없었다.

자신의 칼이라면 기꺼이 받아 준다 했지만 그를 향해 칼을 들 용기가 백무강에겐 없었다.

그래서 독주였다.

그리고 죽은 줄로만 알았다.

한데 이렇게 버젓이 살아서 나타났다.

백무강이 그토록 질투하고 원망했던 그도 결국 죽음으로부터, 세상으로부터 버려진 것이다.

희열인지 안도인지, 아니면 다른 무언가인지…… 스스로도 정의 내릴 수 없는 감정이 가슴 언저리를 휘돌았다.

그런 백무강을 잠시 지켜보던 노인이 시선을 돌렸다.

노인의 시선이 향한 곳에는 젊고 아름다운 여인이 있었다.

추도향이다.

추도향은 노인이 나타난 이후로 줄곧 그 자리에 있었다.

"백가와는 어울리지 않는 아이인 듯싶은데……."

"도문의 추도향입니다."

추도향이 급히 포권을 취했다.

"도문이라…… 그렇군. 백가의 후계인가?"

"아닙니다. 도문은 도제 백무강과 이미 절연했습니다!"

"흠…… 도문을 멸문시킨 게 백가라 하더니, 소문이 맞는 모양이군. 한데, 절연을 했다면서 왜 이곳에 머물러 있는 게지?"

"그 전에 감히 어르신의 존성대명을 여쭈어 봐도 되겠습니까?"

"내 이름? 글쎄…… 이름을 잊고 산 지가 워낙에 오래되어서 말이네. 음, 뭐였더라……."

정말로 기억이 안 나는 듯 한참을 진지하게 고민한다.

대체 누굴까?

대체 누구길래 도제 백무강에게 존대를 받는 것일까?

대체 누구길래 도제 백무강을 아랫사람 대하듯 하는 것일까?

짐작 가는 바는 있었다.

도제 백무강에게서 동경과 원망을 동시에 받을 수 있는 인물은 그녀가 알기로는 고금을 통틀어 단 한 사람뿐이었다.

그러나 지금 그녀의 머릿속에 떠오른 인물은 도무지 현

실성이 없었다.

사람이 어떻게 이백 년을 넘게 살 수 있단 말인가?

하지만 때로는 비현실적인 것이 또한 현실이 될 수도 있는 것이 세상이었다.

"신비살수 현천."

추도향의 머릿속에서 맴돌던 이름이 먼저 백무강의 입에서 흘러나왔다.

"그래, 맞아. 현천, 그게 내 이름이지."

노인이 그제야 생각났다는 듯 맞장구를 쳤다.

그랬다.

도무지 믿기지는 않지만 이 눈앞의 노인은 이백 년 전 희대의 살수로 알려진 신비살수 현천이었다.

"왜 저를 찾아오셨습니까?"

백무강이 물었다.

"그 오랜 시간 죽은 사람으로 지내셨던 분께서 무슨 바람이 불어 제 앞에 나타난 것입니까? 중원 무림을 위해 저를 막고자 함입니까?"

"중원 무림? 그깟 것이 나한테 무슨 의미가 있다고."

"하면 그 아이 때문입니까?"

"그 아이?"

"어르신과 같은 눈을 가진 아이 말입니다."

"호오! 자네도 천풍 그 아이를 보았는가?"

"일전에 한 번 만난 적이 있습니다."

"그랬군. 그래, 자네가 보기에는 어떻던가? 내 보기엔 꽤 재밌는 녀석이던데 말이야. 그래서 큰 선물도 하나 줬지. 물론 그것을 온전히 가지려면 골치깨나 아플 테지만 말이야. 클클클."

"결국 그 아이가 어르신을 다시 세상에 나오게 한 게로군요."

"뭐, 그렇지. 모든 것을 버린 내게도 천극지상이란 건 그만큼의 가치가 있으니까. 게다가 녀석을 찾아가던 중에 뜻하지 않게 부탁받은 것도 하나 있고. 지난번에 만났을 때 전했어야 했는데 괜히 장난기가 동하는 바람에 깜빡 잊어먹었지 뭔가."

"부탁?"

"그런 게 있네. 자네가 신경 쓸 일은 아냐."

"그래서 저를 찾아오신 겁니까? 제가 그 아이를 부수기 전에 먼저 저를 부수시려고?"

"허허. 자네도 늙긴 늙었나 보이. 생각이 너무 많아졌어."

"아닙니까?"

"아니지. 내가 여기까지 자네를 찾아온 것은 그저 바람결에 문득 자네가 생각나서 바람 따라 발길을 정했던 것뿐이네. 무엇보다…… 그 아이는 그리 간단히 부서질 아이가 아니야."

"……."

"혹시 자네가 그 아이의 천적이라도 된다고 생각하는 겐가?"

그렇게 생각하고 있었다. 그것은 천풍 또한 마찬가지였다.

"흐음, 내가 그 아이를 통해 본 것을 자네는 보지 못한 모양이로군. 세상에 머물러 있다는 것과 세상으로부터 버려졌다는 것의 의미도 아직 온전히는 이해를 못 한 모양이고. 자네가 그 아이와 상극인 것은 맞네. 하나 먹이사슬의 정점에 있는 것은 자네가 아니라 오히려 그 아이야. 둘이서 싸우게 된다면 부서지는 것은 천풍 그 아이가 아니라 자네가 될 거라는 말이네. 클클클."

"……."

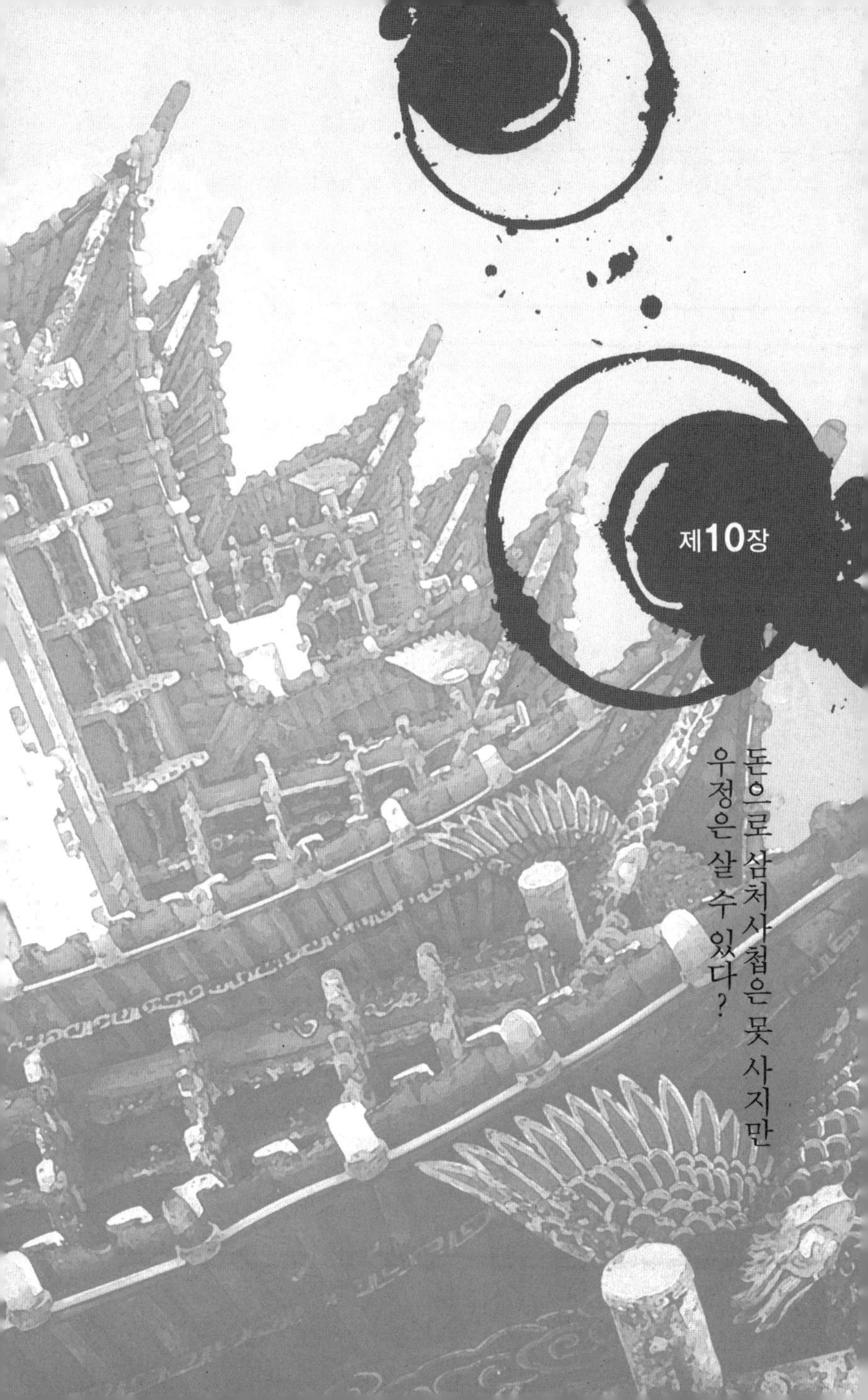

제10장

돈으로 삼처사첩은 못 사지만 우정은 살 수 있다?

천극의 서

무림맹을 떠나온 지 보름하고 사흘이 더 지났을 무렵, 무림맹을 출발한 의혈단은 마침내 남녕에 도착할 수 있었다.

남녕에는 이미 상당한 군세가 갖추어져 있었다.

정예만 해도 5천에 이류 급까지 합치면 그 수가 무려 일만 이천이 넘었다.

증원군이 과연 필요했나 의심이 들 정도였다.

하지만 그런 의심은 채 일주일도 되지 않아 말끔히 지워졌다.

이건 듣던 것보다 더했다.

하루가 멀다 하고 전투가 있었다.

그 일주일 동안 3천이 넘는 대규모의 공격만 네 차례가 있었고 천 이하의 소규모 도발은 무려 열세 번이나 되었다.

그야말로 전쟁터였다.

매일같이 사상자가 발생했다.

한순간도 방심할 수 없다는 팽팽한 긴장감 속에 중원 무림인들의 퀭한 눈빛에는 살기가 번들거렸다.

한데도 현천문만은 그 같은 치열함에선 어김없이 열외였다.

매일같이 치러지는 전쟁은 현천문의 것이 아니었다.

철저히 따돌림을 당했다.

천풍이 적생의 일로 조운에게 보복을 한 그 후로도 현천문에 대한 대우는 별반 달라진 것이 없었다. 그전처럼 막대하지는 않았지만 대신 철저하게 무시로 일관했다.

그것은 남녕에 도착해서도 마찬가지였다.

이 치열한 전장에서조차 현천문 3천 문도는 원래부터 없었던 것처럼 취급을 당했다. 사상자들이 매일같이 늘어나는 상황인 만큼 한 사람의 무인도 절실한 판국이건만 남녕의 책임자인 위서량은 현천문에 도움을 구하지도, 명을 내리지도 않았다.

무림맹에서는 그래도 허드레 잡일이라도 했었는데 남녕에 와서는 그마저 현천문의 몫이 아니었다.

놀고먹는다는 것…… 어찌 보면 축복일 수도 있다.

그저 평범한 일상 속이라면 그랬다. 하지만 이곳은 전장이었다.

생사가 치열하게 오가는 아귀지옥이었다.

중원 무림을 위해 목숨을 내걸고 살신성인하고 있는 동지들 옆에서 베이고 찔린 상처들이 늘어날 때마다 딱 그만큼 핏빛으로 변해 가는 그들의 눈빛을 볼 때마다 반대로 사지 멀쩡하기만 한 자신들의 모습이 너무도 미안하고 초라하기만 한 현천문이었다.

축복이 아니었다. 그것은 다른 의미의 고통이었고 괴로움이었다.

현천문 문도들이 매일같이 당하는 그 참담한 굴욕은, 그리고 동지들이 던져 오는 차갑고 따가운 눈총은 그 어떤 칼날보다도 날카롭게 그들의 심장을 할퀴고 있었다.

가능하면 현천문을 전장으로 내보내지 않으려 했던 천풍조차 지금의 상황을 마냥 좋아할 수가 없을 지경이었다.

물론 이 모든 것들은 명백히 위서량의 노림수였다.

하지만 그 같은 노림수는 어쩔 수 없이 어느 정도의 무리수를 감수해야 했다.

"좋지 않아. 좋지 않아."

위서량은 자신의 손에 들린 보고서를 읽으며 그렇게 되뇌었다.

오늘 하루 발생한 사상자 수에 대한 보고서였다.

죽거나 심각한 중상으로 전력에서 이탈한 자가 오늘 하루에만 이백이었다.

남녕에 도착하고부터 지난 일주일간 발생한 이탈자들의 수를 총합하면 무려 일천하고도 오백이 넘었다.

더욱 심각한 것은 하루가 다르게 전투가 빈번해지고 있다는 사실이었다.

원래는 이 정도까지는 아니었다고 한다.

한데 어찌된 것이 그들이 남녕에 도착한 것에 맞추어 도발이 빈번해졌다. 게다가 그들의 위협 또한 하루하루가 다르게 보다 거대해지고 보다 강력해지고 있었다.

흑지 비사천문은 그가 생각했던 것 이상으로 강했다.

그들 일천을 상대하자면 삼천의 병사가 있어야 물리칠 수 있었다. 또한 오늘 새벽에 있었던 전투에서는 적병 삼천을 상대하기 위해서 무려 일만을 동원해야 했다.

문제는 그 삼천조차 어디까지나 정찰의 의미처럼 느껴진다는 것이었다.

너무 간단히 물러나는 느낌이었다.

양측 합쳐서 일만 삼천이나 되는 병력이 맞붙었는데 사상자는 이백밖에 나지 않았다. 그것은 어쩐 일인지 그들이 위협만 가하고는 이내 병력을 물렀기 때문이었다.

만에 하나 그들의 공격에 정찰의 의미가 담긴 것이 맞다면 그것은 정말로 심각한 사태였다.

언제 어느 때 본대가 쳐들어올지 모르는 일이었다. 만일 본대의 수가 오천이 넘을 경우 무림맹은 그날로 남녕을 잃게 될 것이 자명한 일이었다.

이런 상황임에도 위서량은 현천문만은 철저히 배제하고 있었다.

현천문을 무시해서가 아니었다.

감정적으로는 무시하고 있는 게 맞지만 이성적으로는 그들을 두려워하고 있었다.

천풍 때문이었다.

'나도 감히 저 사람의 일초지적이 될 수 있다 장담 못 하는데 당신 따위가 이길 수 있다고요? 천하의 웃음거리가 되고 싶다면 어디 한번 해 보시든가요.'

도진조차 삼초지적이 되지 못한다고 했던 단화영의 그 말이 시간이 지날수록 더욱 선명히 뇌리에 박혀 들었다.

조운의 앞을 막은 자신을 간단히 흘려 버렸던 그때의 한 수도 생각하면 생각할수록 육중한 무게감으로 가슴을 짓눌렀다.

명색이 형산 제일의 기재였다.

당시에는 몰랐지만 곱씹고 곱씹은 끝에 그 한 수의 특별함을 어렴풋이나마 알 수 있었던 것이다.

어쩌면 그의 생각보다도 훨씬 더 무서운 자일지도 모른다.

어쩌면 단화영의 말조차 천풍을 가늠하기에 턱없이 부족했는지도 모른다.

그런 생각이 드니 더욱 그를 전장으로 내보낼 수가 없었다.

그저 무시를 당하고 멸시를 받기만 하던 때에도 이상하리만치 주위로 사람이 몰려들던 자였다. 도진이 그랬고 단화영이 그랬으며 화산과 무당의 장문인이 그랬다. 거기다 강남제일미 취옥선마저도 천풍의 곁을 맴돌지 않았던가.

그런 터에 만일 전장으로 가 큰 공이라도 세운다면?

그리해 난세의 영웅이라 떠받들어지기라도 한다면?

충분히 가능한 일이었다.

절대로 그런 꼴은 보고 싶지 않았다.

이제는 단순히 단화영에 대한 질투가 아니었다.

그냥 싫었다.

천풍이란 존재 자체가 그냥 눈에 거슬렸다.

설혹 그로 인해 남녕을 잃게 되는 한이 있더라도 천풍이 영웅이 되는 꼴만큼은 정말이지 죽어도 보고 싶지가 않았다.

"총단에다가 다시 충원이라도 요청을 해야 하나?"

하지만 의혈단이 도착한 지 고작 일주일이다. 고작 일주일 만에 다시 충원을 요청하기에는 면이 서지 않는다.

게다가 총단도 여유가 없을 것이 뻔했다.

의혈단을 조직할 때도 결국 마땅한 인원이 없다며 골머리를 앓던 홍유였다. 현천문과 화산파가 아니었다면 이번 충원은 달랑 형산파 이백 명이 전부였을지도 몰랐다.

"총단의 충원을 기대할 수 없다면 다른 곳에서 지원이라도 받아야 한다는 건데……."

언뜻 떠오르는 곳은 서림(西林) 지부였다. 남녕 아래 옥화산을 비롯해서 서림 일대를 방비하고 있는 곳이었다. 그리고 거기에 파견되어 있는 문파는 다름 아닌 소림과 무당이었다.

"소림과 무당이라면 아무래도 이곳 남녕보다는 사정이 나을 듯도 한데……."

그곳의 지원만 끌어올 수 있다면 그보다 든든할 것이 없다. 더구나 그곳의 책임자는 신주오기인 신승 혜광과 무당 신룡 진현이었다.

어떻게든 친분을 쌓고 싶은 자들이었다.

그들과 두터운 친분을 쌓을 수 있다면 후기지수들 사이에서 자신의 입지도 보다 확고해질 것이다. 그것은 다음 대의 형산파를 짊어질 입장에서 정말로 든든한 힘이다. 그 힘을 등에 업는다면 형산파가 아니라 무림맹의 차기라도 노리지 못할 이유가 없었다.

그의 스승 탁종도만 하더라도 그 자신의 실력보다는 탄탄한 인맥으로 무림맹의 맹주가 되었다고 해도 과언이 아니니 말이다.

안타깝게도 지금까진 친분은커녕 얼굴 한 번 볼 수 있는 기회가 없었다. 하지만 지금은 다르다. 중경을 지킨다는 큰 공감대 하나로 얼마든지 가까워질 수 있는 여지가 있었다.

"좋아. 그럼 내일이라도 당장 서림 지부로 가 봐야겠어."

지원을 얻고 거기다 혜광, 진현과 친분마저 쌓을 수 있다면 그야말로 금상첨화였다.

그렇게 한껏 부푼 마음으로 이튿날을 기다렸다.

그러나 위서량은 이튿날이 되어서도 서림 지부로 출발하지 못했다.

그가 출발하기에 앞서 남녕 지부를 방문한 손님이 있었기 때문이다.

"누가 왔다고?"

위서량은 순간 자신의 귀를 의심했다.

"소림의 혜광과 무당의 진현입니다."

수하의 대답을 재차 확인하고 난 위서량의 얼굴이 대번에 환하게 펴졌다.

그가 찾아가려 했던 신승 혜광과 무당신룡 진현이 그보다 먼저 자신을 찾아온 것이었다.

'하긴, 내가 이래 봬도 명색이 무림맹 맹주의 대제자라는 거 아니겠어?'

자신의 대외적인 위치가 그와 같으니 신승이든 무당신룡이든 먼저 인사를 오는 게 마땅한 일이다. 그러니 특별히 들뜰 이유도 없고 그들의 방문에 호들갑을 떨 필요도 없다.

그렇게 마음을 고쳐먹은 위서량은 짐짓 태연을 가장하며 물었다.

"그래, 지금 성문 밖에 와 있다고?"

"예. 서둘러 나가 보셔야 할 것 같습니다."

"뭐 그리 대단한 손님이 왔다고 서둘러? 내가 곧 찾아뵙는다고 하고 일단 빈청으로 모셔 둬."

수하에겐 그렇게 일러뒀지만 마음은 그렇게 태연자약하지 못했다.

급했다.

마음만 같아서는 당장에라도 채신머리없이 달려갔을 테지만 역시 무림맹 맹주의 대제자로서 체통을 잃을 수는 없었다. 잠시 시간을 두고 옷매무새를 단정히 한 후 빈청으로 걸음을 향했다.

빈청을 향하는 중에도 머릿속은 잡다한 생각으로 복잡했다.

먼저 그들을 어떻게 대해야 할지부터 고민이었다.

남녕 지부를 책임지는 책임자로서 그들을 대해야 할지, 아니면 앞으로 그들과 더불어 무림을 이끌어 갈 무림의 후기지수로서 그들을 대해야 할지, 그도 아니면 같은 또래의 지기로서 편하게 그들을 대해야 할지…….

욕심 같아서는 또래의 지기로 편하게 만나고 싶었다.

그 편이 친분을 더욱 돈독히 할 수 있기 때문이다.

하지만 그랬다가는 자칫 사람이 가벼워 보이는 수가 있다.

그렇다고 남녕 지부의 책임자로서 그들을 대하기에는 너무 딱딱하고 무림의 후기지수로서 만나기에는 너무 따분했다.

'아무래도 우선은 최대한 예의를 차려야겠지?'

그런 후에 때에 따라서 소탈함과 대범함을 시의적절하게 보여 주어 자신이 한번 사귀어 볼 만한 사람이라 생각하도록 만든다.

"잘만 되면 내친 김에 형제의 의를 맺어도 좋고. 말이 나왔으니 말이지만 신주오기와 형제의 의를 맺을 수 있는 사람이 천하에 나 말고 달리 누가 있겠어?"

생각하니 다시 마음이 들뜬다.

이미 마음만은 그들과 도원결의라도 나눈 것 같은 위서량이다.

애써 태연하려 해도 좀처럼 들뜬 마음이 가라앉지 않는다.

그것은 빈청에 가까워질수록 더했다.

정인을 만나러 가는 여인네의 심정인들 이러할까 싶을 지경이다.

소림 방장 공효를 만난다고 해도, 무당 장문인 해천을 만난다고 해도 이처럼 흥분하지는 않았을 것이다. 적어도 무림의 후기지수들에게 있어서 혜광과 진현은 그만큼 특별한 존재였다.

그렇게 부푼 기대를 안고 마침내 빈청에 도착했다.

월동문 너머에 혜광과 진현이 있다 생각하니 벌써부터 심장이 두방망이질 쳐 댔다.

숨을 길게 들이켰다.

그리고 차분히 마음을 가라앉혔다.

쉽지는 않았지만 적어도 태연한 척은 할 수 있었다.

문을 열었다.

다시 한 번 호흡을 가지런히 한 후 문을 넘었다.

혜광과 진현은 빈청의 정원 중앙에 있는 정자에 앉아 있었다.

이미 그들에 대한 이야기는 귀가 따갑도록 들어 두었던 터였다. 그래서 스님답지 않게 탈속한 분위기를 풍기는 혜광의 행색도, 진현이 머리에 쓴 멋들어진 도관만큼이나 잘생긴 미남이라는 것도 전혀 새삼스럽지가 않았다.

위서량은 곧장 그들에게로 다가가 포권을 취했다.

"형산파 16대 제자 위서량입니다. 이번에 남녕 지부를 맡게 되었습니다. 이렇게 두 분을 뵙게 되어……."

나름 정중히 건네는 인사는 미처 다 끝을 맺지 못했다. 그의 인사말을 끊으며 툭 내뱉듯 던져 온 혜광의 말이 전혀 예상치 못한 것이었기 때문이다.

"뭐야? 그 녀석이 아니었잖아?"

'그 녀석?'

"대체 그 녀석은 언제 오는 거야? 부른 지가 언젠데…… 이 형님들이 먼 길 마다하지 않고 행차를 하셨으면 만사 제쳐 두고 재깍재깍 달려와야 할 거 아냐."

"……."

"아무튼 버르장머리가 아주 아름답다니까."

그 녀석이라는 게 누구를 말하는지는 알 수 없었다.

하지만 지금 자신이 무시를 당하고 있다는 것만큼은 확실히 알 수 있었다.

생각지도 않은 상황에서 생각지도 못한 상대에게서 받는 굴욕감.

울컥 화가 솟구치는 거야 당연했다.

그러나 이성의 끈을 놓을 정도까지는 아니었다.

"저기, 누구를 찾으시는 겁니까? 제게 말씀해 주시면……."

애써 화를 가라앉히고 그 딴에는 최대한 예를 잃지 않으려 했다. 한데 이번에도 그의 말은 끝을 맺지 못했다.

"오호라! 이제야 납시셨군."

혜광과 진현의 얼굴에 반가움이 어린다 싶은 순간 빈청의 문이 열렸다.

"대체 자네들이 여기까진 어쩐 일인가?"

놀란 얼굴로 그렇게 물으며 등장한 인물은 다름 아닌 천풍이었다.

"이 형님들이 왔는데 말이야. 얼굴에 금칠을 한 것도 아니면서 뭐가 이리 굼떠?"

"풍, 그간 잘 있었나? 천절문을 버리고 현천문을 새로 만들었다는 소식은 들었네만…… 아무튼 자네의 행보란 건 도시 종잡을 수가 없구만."

"나야 뭐…… 한데 정말 예까진 어쩐 일들이신가?"

"어쩐 일이긴 뭐가 어쩐 일이야? 친구가 가까이에 있는데 찾는 거야 당연한 일이지. 네 녀석이야말로 이곳까지 왔으면 제일 먼저 우리를 찾았어야지. 이 형님들이 먼저 네 녀석을 찾게 만들어? 그 버르장머리는 어디서 배워 처먹은 거야?

그들이 그렇게 인사를 나누는 사이 철저하게 소외되어 버린 위서량이다.

'대체 뭐야?'

대체 뭘까? 이 격의 없는 모습은.

그가 이곳까지 달려오며 상상했던 광경이다.

그러나 거기에 있어야 할 건 현천문의 나부랭이가 아니라 형산파의 다음 대 주인이자 차기 무림의 대권을 거머쥘 위서량 자신이어야 했다.

'대체 뭐냐고!'

살면서 이처럼 비참했던 적이 없다.

무림대회에서 도진에게 패했을 때도 이보다는 나았다.

더욱 분통이 터지는 것은 위서량의 비참함 따위는 그 누구도 신경 쓰지 않는다는 것이다.

그들은 오랜만의 회포를 푸느라 위서량에겐 눈길조차 주지 않고 있었다.

훈훈하고 정겨운 분위기가 봄날의 오수(午睡) 같은 이곳 빈청에 오직 위서량이 서 있는 공간만은 차갑고 쓸쓸하기가 한겨울 인적 없는 야산 같았다.

'빌어먹을 것들이 감히 날 무시해!'

주저 없이 돌아섰다.

지체 않고 빈청을 나왔다.

거친 걸음으로 자신의 집무실로 향하는 위서량의 머릿속에는 풍전등화에 놓인 남녕의 상황도, 지원을 청하고자 했던 본래의 목적도 없었다.

오직 분노뿐이었다.

지금 이 순간만큼은 남녕의 책임자도 아니었고 다음 대

의 무림을 이끌어 갈 무림의 후기도 아니었다.

자존심이 갈기갈기 찢긴, 그래서 상처받아 독기만 남은, 이빨 세운 한 마리 산짐승에 불과했다.

그러나 정작 위서량의 자존심을 갈기갈기 찢어발긴 천풍 등은 위서량이 받은 상처 따위에는 눈곱만큼도 신경 쓰지 않고 있었다. 위서량이 씻기지 않는 굴욕감에 몸부림치고 있는 그 순간에도 그들은 재회의 기쁨을 나누느라 온통 정신이 팔려 있었다.

"대체 어떻게 된 일인가? 어찌 하루아침에 천절문이 문을 닫은 건가? 현천문은 또 뭐고?"

"아니, 그거야 뭐 그렇다 치고, 신마쾌도란 건 또 뭐야? 혜정 사형에게 듣기로는 장경각의 도둑이 신마쾌도라 하던데? 그게 정말 네 녀석이 맞긴 한 거야?"

혜광의 질문에 천풍은 쓴웃음을 지었다.

그것이 긍정의 대답임을 안 혜광이 이어서 물었다.

"정말로 네 녀석이었던 거야? 그럼 신마는 어디 있어? 머리 높이가 족히 구 척은 넘고 칠흑처럼 검은 털은 파리가 미끄러질 정도로 윤기가 난다는 그 말 말이야. 발을 한 번 구르면 십 리를 뛰어넘고 한 번 도약을 하면 십 장을 훌쩍 날아 버린다는 그 말 말이야. 어디 있어? 대체 어디서 난 거야?"

무림에 떠도는 그 소문을 혜광도 주워들은 모양이었다.

천풍은 손사래를 쳤다.

"죄다 헛소문이네. 말에 날개가 달리지 않고서야 어떻게 한 번에 십 리를 건너뛰겠나? 벼룩의 뒷다리라도 달지 않고서야 십 장은 또 무슨 수로 날고?"

"그야 그렇지. 설마하니 나라고 그걸 다 믿었겠어? 다만 혜정 사형의 목격담도 있고 해서 묻는 거지. 혜정 사형의 말로는 십 리는 아니더라도 십팔나한들을 뛰어넘었다고 하던데? 게다가 어찌나 빠르고 날쌘지 정신을 차리고 보니 말의 꼬랑지 털 하나 볼 수가 없었다고도 하고. 전설의 적토마인들 그보다 빠르지는 않을 거라고 하던데, 혜정 사형이 허튼 소리를 할 리는 없고…… 정말 대체 어떻게 된 거야?

혜광의 질문에 진현도 보탰다.

"나도 심히 궁금하긴 하네. 우리가 같이 소림을 나올 때까지만 해도 자네에게 말 같은 건 없었지 않은가? 그 하루 사이에 대체 어디서 그런 명마를 구한 건가?"

자신이 옥면신룡이 아니라 실은 천하오절 본인이라는 사실도 스스럼없이 털어놓은 지기들이었다. 풍천에 대한 것을 감출 이유가 없었다.

소림을 내려온 그날, 자신을 버리고 간 친절하고 우애 깊은 친구들의 우정 덕에 산속에서 숙취에 절어 깨어난 그때 그를 반겨 주던 풍천의 흥건한 침부터 괴상한 노인을 만나 괴상한 흥정을 했던 일, 도주 중에 풍천을 염색해 무림인들의 추격을 벗어났던 일, 그리고 알고 보니 풍천이 사실은 팔준의 으뜸이라는 도려였다는 것까지 모두 말했다.

"도려라고?"

"이백 년 전 신비살수 현천이 타고 다녔다는 그 말?"

도려라는 것이 대단하긴 대단한가 보다.

천지가 개벽한다 해도 눈 하나 깜빡하지 않을 것 같던 친구들이 놀란 눈을 부릅뜬다.

"대체 그 노인네는 누구야? 들어 보니 풍천이 도려인 것을 몰랐을 시주가 아닌데, 백만 냥으로도 살 수 없는 말을 고작 삼십만 냥으로 겁박하며 떠넘긴 것을 보면 조금 짓궂기는 하지만 호의가 분명한데 대체 무슨 이유로 네 녀석한테 그런 말도 안 되는 선심을 쓴 거야? 그날 처음 본 시주라며?"

"도려 같은 명마를 가지고 있을 정도라면 결코 평범한 노인은 아니라는 걸 테지. 풍이 자네 짐작대로 어쩌면 신비살수 현천과 정말로 관계가 있을지도 모르겠네. 현천의 후손이거나 후계이거나…… 또한 아무 이유 없이 도려를 주었을 리도 만무한 일이고. 혹시 뭐 짚이는 거 없는가? 사소한 거라도 현천과 관계된 것이라면 뭐든 말이네."

신비살수 현천과 관계된 것이라면 있기는 있었다.

현천과 같이 천극지상을 타고났다는 것과 금천우에게서 배운 풍파결이 실은 신비살수 현천의 무공이었다는 것.

하지만 풍파결은 배워 익히는 사람이 없다 뿐이지 무공서는 이미 세상에 많이 뿌려져 있었다. 그것을 익히고 있다고 해서 특별할 것은 없는 일이었다. 천극지상 또한 현천 본인이라면 모를까 그 후손이나 후계가 무슨 상관이 있다고 그런 엄청난 선물을 준단 말인가?

역시 머리를 굴린다고 답이 나올 리 만무한 일이었다.

답이 안 나오는 것을 오래 붙잡고 있을 친구들이 아니었다.

"뭐가 어찌 되었든 정말이지 돈복 하나는 타고난 놈일세. 누군 자고 일어나면 고작해야 늙다리들 잔소리나 듣는 게 전분데 누군 자고 일어나니 백만 냥짜리 황금 덩어리가 굴러 들어오고 말이야. 듣자 하니까 네 녀석 그 현천문인가 뭔가 하는 것이 대륙의 상권 절반을 먹어 치웠다고 하던데 그거 진짜냐?"

"상단의 일에 대해서는 잘 알지 못해서…… 얼마 전에 보고 받기로는 천지상단도 곧 현천문으로 들어오기로 했다는 소식은 들었네만……."

"뭐야? 그럼 천하 오대 상단 중에 이제 남은 것은 북경의 신주상단뿐이란 말이야? 그럼 절반이 아니라 열에 여덟은 먹어 치웠다는 말이잖아?"

"그런가?"

"그런가…… 라니? 지금 날 놀리는 거야?"

"그게 또 왜 그렇게 되는 건가? 난 정말로 그런 것에는 관심이 없어서 그러는데……."

"아주 염장을 질러 대는구만. 언제고 중질 때려치우고 돈이나 잔뜩 벌어서 삼처사첩에 토끼 같은 자식들 왕창 낳고 사는 게 내 소원이란 걸 정말로 몰라서 그런 소릴 해? 네 녀석은 지금 그런 내 원대한 꿈을 아주 하찮게 만들고 있단 말이야!"

혜광의 울분에 찬 한탄을 받은 것은 진현이었다.

"뭘 그리 열을 내고 그러나? 오히려 좋아해야 할 일이잖은가?"

"뭐? 어째서?"

"평생 중질만 하고 산 자네가 중질 때려치우고 나면 뭘 해서 먹고 살겠나? 밑천이 있는 것도 아니고 딱히 장사 경험이 있는 것도 아닌데 무슨 수로 삼처사첩 거느리고 살 만큼 돈을 벌어? 그나마 친구라도 잘 둔 덕에 앞으로 먹고살 걱정은 않게 된 거지. 아무렴 풍이가 자네를 나 몰라라 할까? 장사 밑천 정도는 도와주겠지. 안 그래?"

"정말이야?"

혜광이 금세 고분고분해져서는 사슴 같은 눈망울로 천풍을 본다.

"정말로 장사 밑천 대 줄 거야?"

참으로 부담스러운 눈망울이다.

그것이 장난이 아니라 실로 진심이기에 더 그랬다.

천풍은 쓴웃음으로 혜광의 눈망울을 흘려 넘기며 고개를 끄덕였다.

"내가 삼처사첩 중매는 서지 못해도 자네가 필요하다면 내가 가진 돈 전부라도 줄 것이네."

"정말이지?"

"그렇다니까."

"좋아, 좋아. 그럼 이제 이놈의 중질을 때려치우는 일만 남은 거로군! 하하! 역시 친구는 잘 두고 볼 일이야! 세상만사가 인연에서 비롯된다는 부처님 말씀이 하나도 틀린 것이 없다니까! 뭐, 그렇다고 날 너무 염치없는 놈으로만 보지는 말라고. 나도 내 나름대로 네 녀석을 위해서 엄청나게 고생을 했으니까 말이야."

"나를 위해서 엄청나게 고생을 했다니?"

천풍이 어리둥절해하며 물었다.

"장경각 일 말이야. 그거 이제 걱정 안 해도 돼. 내가 이미 다 해결했으니까."

"장경각 일이 해결되었다니? 그럼 소림에서 더는 나를 쫓지 않는다는 말인가?"

"그렇지."

"어떻게? 무슨 수로?"

그 질문의 대답은 진현이 했다.

"혜광이 자네를 위해 공효 방장님과 직접 담판을 지었다네."

"……?"

"장경각에서 사라진 비급들은 누가 훔쳐간 것이 아니다. 말 그대로 사라졌다. 그러니 그 비급들이 세상에 나올 일은 절대 없다."

"그걸 믿어 주셨단 말인가?"

"목숨을 걸고 맹세했으니까. 남의 목숨은 하찮게 여기는 혜광이지만 제 목숨 하나만큼은 정말이지 꼴사나울 만큼 지독히 아끼는 녀석이거든. 한낱 거짓말에 목숨을 걸 혜광이 아님을 공효 방장님도 아셨던 거지."

"거참, 듣기 거북하네. 그저 내 진정이 스승님께 통한 것뿐이라고."

"아무리 그래도 그렇지, 그렇게 간단히 해결될 문제는 아니지 않은가?"

"물론 그렇지. 누구의 소행인지도, 또 어떻게 된 영문인지도 따지지 않고 그날의 일을 묻는 조건으로 저 친구가 내건 것이 있네."

"그게 뭔가?"

"그날 장경각에서 사라진 비급들을 복원해 놓겠노라는

거였네."

"뭐?"

"반대로 그날의 일을 계속 따져 묻겠다면 설혹 십년면벽형의 벌이 떨어지더라도 절대로 사라진 비급을 복원하는 일은 없을 거라고 공효 방장님을 상대로 당당히 협박을 해 버렸지."

천풍은 이해하지 못하겠다는 눈으로 혜광을 보았다.

"정말로 복원이 가능한 건가?"

"당연하지!"

"대체 어떻게?"

"나는 여기 이 도사 놈과는 비교도 할 수 없을 만큼 머리가 좋거든. 장경각의 비급 중에서 어지간한 것들은 다 이 머릿속에 넣어 뒀다 이 말이지. 사람들이 신승 혜광을 달리 천재라 하겠어?"

"정말로 불쾌하기 이를 데 없는 일이지만 암기력 하나만큼은 땡초가 나보다 나은 것만은 사실이네."

"암기력만이 아니라 사내다운 외모도 네 녀석보다는 월등히 나아."

진현마저 인정하자 잔뜩 우쭐해하는 혜광이다.

"어쨌든 그렇게 해서 스승님의 항복을 받아 낸 거지. 누군가 훔쳐간 것이 아니라 그 자리에서 사라진 것이라면 범인을 찾는다고 사라진 비급이 다시 생겨나는 것도 아니니,

진범이 있는지조차 확실치 않은 것에 매달려 시간을 낭비할 바에야 그냥 복원하는 길을 택하신 거지. 위대하신 소림의 방장께선 아주아주 현명하신 분이거든, 큭큭"

단지 공효가 현명해서 실리를 우선한 것만은 아니었다.

무엇보다 제자를 믿었다.

혜광이 그날의 일을 그토록 묻어 두고자 한다면 필경 그만한 이유가 있을 것이다. 그리고 그 이유란 것이 비록 소림의 규율에는 어긋날지라도 무림의 정과 협에는 결코 벗어난 일은 아닐 것이다.

그 같은 믿음이 그런 말도 안 되는 협상을 타결케 한 것이었다.

"어쨌든 그 바람에 나는 아주 죽을 맛이었다고. 네 녀석이 현천문이다 뭐다 하면서 돈 놀이나 하고 있을 동안 나는 일 년 내내 감금 아닌 감금을 당한 채 골방에서 문방사우들과 운우지락을 나눠야 했다니까. 나중에는 문방사우가 난지 내가 문방사우인지도 모르겠더라니까. 아주 득도를 한 거지. 그러니까 나중에 그 빚 톡톡히 갚으란 말이야. 돈으로!"

혜광이 자신을 위해 그렇게까지 애를 썼을 거라고는 상상도 못 했다.

감동이 물밀듯이 밀려왔다.

그 옛날 관중과 포숙의 의리가 전혀 부럽지 않았다.

천풍이 그렇게 감동의 물결에 젖어 있자 혜광이 정자에서 몸을 일으켰다.

"서로 간에 그간의 안부는 얼추 다 물은 것 같으니까 이제 본격적으로 회포를 풀러 가야지?"

천풍은 혜광의 난데없는 제안에 어리둥절해하며 물었다.

"본격적으로 회포를 풀러 가자니? 어디로 말인가?"

"뭘 물어? 사내들이 오랜만에 만나서 회포를 푼다고 하면 하나밖에 없잖아."

"……?"

"술 말이야 술. 한잔 걸치러 가자고."

당연하다는 듯이 그렇게 말하고는 성큼 빈청을 나서는 혜광이다.

술이라니?

사내들이 오랜만에 만나 회포를 푸는 방법이 술이란 것쯤이야 천풍도 알고 있었다. 하지만 적어도 천풍만은 그 같은 범주에서 열외였다.

그것은 누구보다도 혜광이 가장 잘 알고 있을 터였다. 그가 문방사우와 어울려 도를 닦아야 했던 근본적인 원인이 바로 술이 아니던가 말이다.

설마하니 그새 그것을 잊어버리기라도 한 것일까?

"뭐 해? 안 오고?"

혜광이 천풍을 재촉했다.

여전히 어리둥절하기만 한 천풍의 눈이 도움을 구하며 진현을 찾았다. 하지만 어느새 진현은 그들보다 한 발 앞서 빈청의 문을 넘고 있었다.

"이보게들…… 대체 왜들 이러나? 내가 술에 약한 건 자네들이 더 잘 알고 있지 않은가? 그때처럼 술기운을 이기지 못해 또다시 일을 벌이면 그땐 정말 어찌 감당하려고 그러나?"

"그건 걱정 말게나. 자네가 어떤 난동을 부려도 안전할 수 있는 장소를 섭외해 놓았으니까."

급기야 진현까지도 그를 독려한다.

도무지 무슨 영문인지를 모르겠다.

왜 다들 갑자기 술타령들일까?

조급히 서두르면서도 뭔가 장난기 가득한 그들의 얼굴을 보자니 어떤 꿍꿍이가 있는 것이 분명해 보였다. 그리고 그 꿍꿍이가 심히 불안했다.

'대체 나 몰래 무슨 작당들을 했던 거야?'

안타깝게도 그 옛날 관중을 끝까지 믿어 주었던 포숙처럼은 되지 못하겠다.

이 악동들을 완전히 믿을 용기가 아직은 턱없이 부족한 천풍이었다.

제11장

세상에서 제일 고급스러운 음주가무(飮酒歌舞)

천극의 서

옥화산(玉化山)이었다.

중턱쯤 되어 보였다.

거기에 술상이 차려졌다.

혹시나 했더니 정말로 그와 더불어 술 대작을 하려는 모양이다.

아직도 그들이 무슨 꿍꿍이로 이러는지는 모르겠지만 적어도 난동을 부려도 안전할 수 있는 장소라는 의미만큼은 분명히 알 수 있었다.

사방이 풀이고 나무였다.

사람이 사는 마을까지는 십 리도 넘게 떨어져 있었다.

술김에 결의 무예로 한바탕 난리를 친다 해도 사라지는

것은 고작해야 풀과 나무, 그리고 그저 재수 없이 휩쓸리게 될 몇몇의 산짐승 정도일 것이다.

"자자, 한 잔씩들 받으라고."

혜광이 술을 권했다.

하지만 선뜻 잔으로 손을 가져가지 못하는 천풍이다.

"어허. 왜 이래? 사양 말고 받으라니까."

"정말 이래도 되겠는가?"

"안 될 게 뭐 있어?"

"그래도 술은 좀……."

"이봐. 천풍이. 우리가 어떤 사이야? 마음을 나누고 신의를 주고받은 그런 사이잖아?"

"……."

거창하게 나오니 괜스레 더 불안해진다.

"네 녀석도 알다시피 나와 저 도사 놈은 술과 더불어 인생을 논하는 주당들이잖아? 한데 네 녀석이 술자리를 피하기만 한다면 우리가 어찌 네 녀석을 편히 볼 수가 있겠어? 만남이 불편한데 어떻게 우리의 신의가 천세만세 유지될 수가 있겠느냔 말이야. 도원결의보다도 더 두터운 피의 맹약도 한 잔 술과 더불어 이어 가는 것이 무림을 살아가는 우리네들의 무사지도(武士之道)가 아닌가 이 말이야!"

뭔가 그럴듯하긴 한데 그다지 마음에는 와 닿지가 않았다.

천풍이 여전히 미적이고 있자 이제는 벌컥 화까지 낸다.

"정말 이러기야? 네 녀석은 백아절현(伯牙絕絃)의 고사도 몰라? 백아는 죽은 지기를 위해서 그에게는 생명과도 같았던 거문고의 현마저 끊어 버렸는데 자네는 우리를 위해서 고작 술 한 잔 나누지 못하겠다는 거야? 이게 우리가 맺은 우정이고 신의야? 앙?"

안타깝게도 백아절현의 고사 역시도 천풍의 마음에는 닿지 않았다.

'그럼 죽은 지기를 위해 거문고의 현을 끊은 백아처럼 술 못 마시는 지기를 위해 자네들이 술을 끊으면 되잖겠는가?'

그 같은 생각은 차마 입 밖으로는 내지 못했다.

"그래, 풍이. 술이란 건 마시다 보면 느는 것이네. 처음이 어렵지 두 번 세 번 마시다 보면 분명 적응이 될 것이야. 지기와 더불어 한 잔 술의 운치도 나누지 못한다면 그건 너무 쓸쓸하지 않은가?"

진현까지 옆에서 거드니 더는 거절할 수가 없다.

결국 못 이긴 척 술잔을 들었다.

쪼르르르.

술잔에 술이 채워졌다.

사람이란 것이 참 간사하긴 한가 보다.

막상 술잔에 채워진 술을 보니 묘한 설렘이 인다.

술잔 속에서 흔들리는 잔물결은 그를 반기는 춤사위 같고 코끝을 간질이는 주향은 여인의 분향처럼 그를 유혹한다.

생각해 보면 술에 취해서 엄청난 짓을 저질렀고 그로 인해 그날의 기억이 악몽으로 남아 버렸지만 장경각에서 맛본 처녀주의 맛은 실상 그리 나쁘지 않았었다.

그러하기에 만취도 한 것이었다.

"자자, 어서 들라고. 오늘도 우리 한번 신명나게 취해 보자고!"

혜광이 술잔을 들어 올리며 한껏 분위기를 달군다.

녀석들의 꿍꿍이속에 과연 뭐가 있는지는 모르지만 주향의 유혹이 점점 깊어지자 그게 다 무슨 상관이냐 싶었다.

더는 주저하지 않았다.

벌컥.

그대로 술잔 안의 술을 입안으로 털어 넣었다.

"크으……!"

역시 쓰다.

그러나 또한 달다.

그제야 알았다.

자신도 모르는 사이 이미 술맛을 알아 버렸다는 것을.

지독한 대가를 지불하고 장경각에서 마신 그 한 잔 술로 인해 그는 이미 주도(酒道), 그 신비로운 세계에서 헤어날 수 없게 되었다는 것을.

부어라!

마셔라!

취하라!

천풍의 두 번째 술자리는 첫 번째보다 더 즐거웠고 더 유쾌했다.

처음에는 술자리에 취하고 분위기에 취했지만 두 번째는 맛에 취하고 향기에 취했다. 또한 무턱대고 들이켜만 대던 그때와는 달리 술을 진정으로 즐길 수 있게도 되었다.

하지만 주량은 크게 달라지지 않았다.

취하니 세상이 도는 것도 그때와 같았다.

그리고 그때와 똑같은 화두에 심각하게 고민도 했다.

'나는 분명 가만히 앉아 있는데 왜 세상이 도는 것일까?

하늘도 돌고 땅도 돌고…… 원래부터 세상은 돌고 있었던 것은 아닐까?

"히히히히! 이 멍청아! 세상이 돌고 있다는 게 말이 돼? 세상이 돌고 있으면 허구한 날 어지러워서 사람이 어떻게 살아? 안 그래? 히히히히히! 바보 같은 놈! 어쩌면 그렇게 바보 같은지 내가 창피해서 살 수가 없다고오!"

자신의 머리를 쿡쿡 쥐어박고는 다시 헬렐레 웃는다.

바보 같아도 기분 좋고 머리를 쥐어박아도 기분 좋다.

"히히히히히히히히!"

도무지 웃음이 멈추지를 않는다.

다시는 술을 마시지 않겠다고 맹세했던 것이 그렇게 바보 같을 수가 없다. 그런 멍청한 맹세는 두 번 다시는 하지 않을 것이라 다시 굳게 맹세도 했다.

"이 좋은 걸 내가 왜?"

그랬다.

'술이라는 건…….'

역시! 역시! 역시!

"참 좋다! 히히히히히히히히히히!"

"맛이 간 거 맞지?"

"그런 것 같은데?"

만취해 있는 천풍을 보며 혜광과 진현이 득의의 눈빛을 주고받았다.

"이제 와 무르기 없기다? 나중에 후회해 봐야 소용없어!"

"자네나 나중에 딴소리하지 말게나."

"좋아. 오늘로 우리의 못 다한 승부에 종지부를 찍어 보자고!"

그렇게 의미 모를 대화를 주고받은 혜광이 만취해 있는 천풍을 은근한 어조로 불렀다.

"어이, 천풍아."

만취한 천풍이 게슴츠레한 눈을 들어 혜광을 본다.

"으응? 왜 그래, 친구? 히히히히! 빡빡이 내 친구. 왜 불렀어? 응? 왜 불렀어?"

혜광의 민둥민둥한 머리에 떡하니 손바닥을 올려서는 문질러 댄다.

순간 혜광의 눈썹이 하늘을 찌를 듯 치켜 올라갔지만 달리 목적이 있는 터라 억지로 화를 눌러 참으며 묻는다.

"전에 나와 한 약조 아직 기억해?"

"약조? 무슨 약조? 내가 빡빡이랑 무슨 약조를 했는데에? 내가 빡빡이랑 무슨 약조를 했을까나?"

고개를 갸웃갸웃하며 귀여운 척까지 한다.

"……."

혜광은 다시 한 번 느꼈다.

천풍의 얼굴이 사실은 주먹을 부르는 얼굴이라는 것을. 그리고 그 얼굴로 부리는 주사는 실로 살기를 불러일으킨다는 것을.

"크크크크!"

진현의 웃음소리가 혜광의 살기를 더욱 부추겼음은 말할 것도 없다.

지금 혜광은 심각한 갈등에 빠졌다.

'이걸 그냥 콱 죽여 버려?'

진심이었다.

하지만 그래도 친구다. 게다가 진현과 해결을 봐야 할 일도 있다.

'그래, 부처님의 넓은 아량으로 이깟 것쯤 못 참으랴.'

참았다.

그리고 좋게 생각하기로 했다.

돌이켜 보면 장경각에서는 그를 땡추라고 불렀었다.

땡추에서 빡빡이로 바뀐 것만으로도 만족하기로 했다.

'아니지. 땡추에서 빡빡이면 더 안 좋아진 거 아냐?'

그것이 정확히 격하의 의미인지 격상의 의미인지는 모르겠지만 어느 쪽이든 간에 그리 유쾌하지 않은 것만은 분명했다.

천풍의 술주정에 일일이 신경을 써 봐야 성질만 날 뿐이라는 것을 새삼 되새긴 혜광은 본연의 목적에만 충실하기로 하고 말했다.

"결의 무예라는 거 말이야. 나한테 가르쳐 주기로 했잖아?"

"아! 아아아아아아아아! 그거어? 그거 가르쳐 줬잖아?"

"가르쳐 주긴 뭘 언제 가르쳐 줘?"

"장경각에서 가르쳐 줬잖아."

"그게 무슨 가르쳐 준 거야? 그냥 네 녀석 혼자서 난동이나 부려 댄 거지."

"그래도 그렇게밖에는 못 가르치는데? 말로 설명한다고

되는 게 아니거든. 애초부터 빡빡이한테는 무리야. 빡빡이한테는 결이 안 보이잖아? 음…… 빡빡이라서 결이 안 보이는 건가? 머리가 없으니까.”

“머리가 없는 거랑 그게 무슨 상관인데?”

“머리가 없잖아. 머리가 없으니까 결이 안 보이지. 나는 머리가 있으니까 결이 보이는 거고. 히히히히히히히!”

“그러니까 그게 무슨 상관이냐고!”

속이 뒤집히다 못해 아주 썩어 버릴 지경이다.

그런 혜광이 보기가 딱했던지 진현이 한마디 했다.

“취해서 자기가 무슨 말을 하는지도 모르는 녀석한테 뭘 그리 열을 내고 그러나?”

진현의 말대로였다.

천풍은 지금 자신이 무슨 말을 하고 있는지도 모를 만큼 취해 있었다. 논리라는 게 있을 리가 만무했다.

그런 술주정에 일일이 대꾸하는 것조차 부질없는 일임을 뼈저리게 통감한 혜광은 앞으로는 들어야 할 말만을 가려듣기로 하고 천풍에게 말했다.

“결의 무예가 나한테 무리인지 아닌지는 내가 판단할 테니까 네 녀석은 일단 그때처럼 한 번 보여 주기나 해 봐. 이래 봬도 내가 같은 무공을 두 번 보고 익히지 못한 일은 지금까지 없었으니까.”

그들이 천풍을 이곳까지 데리고 와서 억지 술을 먹인 이유가 바로 그것이었다.

소림에서 그렇게 헤어진 이후 혜광과 진현의 머릿속에서 줄곧 떠나지 않던 것이 천풍이 보여 준 결의 무예였다.

하지만 결의 무예에 대한 혜광과 진현의 생각은 판이하게 달랐다.

진현은 특별한 능력을 타고나지 않고는 절대로 익히지 못하는 것이라 했고 혜광은 사람이 만들고 사람이 쓰는 무공이라면 자신 또한 얼마든지 익힐 수 있다고 했다. 심지어 한 번만 더 보면 그 오의를 파악할 수 있을 거라고 호언장담도 했다.

그의 말대로 지금껏 같은 무공을 두 번 보고 그 오의를 깨치기 못한 무공이 없었기에 그것이 결코 허황된 허풍만은 아니었다.

그러던 중에 천풍이 중경으로 왔다는 소식을 들었다.

그리고 내기가 걸렸다.

상품은 지난날 소림까지 경주 내기를 했을 때와 마찬 가지로 혜광이 지면 머리를 기르고 반대로 진현이 지면 머리를 깎는다는 것이었다.

문제는 과연 천풍에게서 그것을 어떻게 배우느냐는 거였다.

전날의 약조를 내세울 수는 없었다. 전날의 약조가 약조로서의 무게도, 의미도 없었다는 것은 누구보다도 혜광이 더 잘 알고 있었다.

더구나 결의 무예는 천풍의 성명절기였다.

천풍이 그것을 제대로 가르쳐 줄 리도 만무할뿐더러 그것을 배우겠다 함은 무림의 도의에도 어긋나는 일이었다. 또한 다른 시각으로 보면 이는 엄연히 사승 관계를 맺는 것과 다름없었다.

아무리 내기가 중하다지만 그렇다고 천하의 신승 혜광이 천풍의 제자가 될 수는 없는 일 아닌가?

그래서 훔쳐 배우기로 했다.

천풍에게 술을 먹인 것도 그 때문이었다.

맨 정신일 때야 자신의 무공을 훔쳐 배우겠다고 하면 누군들 거절부터 하고 볼 테지만 술에 만취한 상태라면, 특히나 그것이 천풍이라면 쉬이 보여 줄 것이라 확신했던 것이다.

물론 훔쳐 배우는 것도 무림의 금기이긴 했다. 하지만 혜광도 진현도 그 정도의 융통성쯤은 있었다.

아니나 다를까, 혜광의 요구에 별 거리낌도 없이 몸을 일으켜 세우는 천풍이다.

"우리 빡빡이께서 결의 무예를 보고 싶다면 당연히 내가 보여 줘야지. 암! 보여 주고말고!"

천풍이 비틀거리는 걸음으로 바로 앞 하늘로 곧게 뻗어

있는 아름드리 고송으로 향했다.

혜광이 부릅뜬 눈을 빛냈다.

지금 혜광의 눈에 깃들어 있는 것은 단지 내기에서 이기겠다는 집념만이 아니었다. 오히려 그보다는 무인으로서의 순수한 호기심이 더 짙었다. 그것은 진현도 마찬가지였다.

전날 천풍에게서 본 결의 무예는, 그 절대적인 권능의 기억은 아직도 그들의 뇌리 깊은 곳에 박혀 있었다. 그들의 가슴에, 영혼에 지워지지 않는 낙인으로 남아 있었다.

그렇게 기대와 어떤 설렘으로 천풍을 지켜보는데, 어쩐 일인지 고송으로 손을 가져가려던 천풍이 돌연 주춤 그 손을 멈춘다.

"이거…… 관둘래."

"뭐?"

그야말로 한껏 달아올랐던 분위기에 찬물이 끼얹어졌다.

"오늘은 빡빡이랑 말코한테 다른 걸 보여 주는 게 좋겠어. 히히히히."

"다른 거?"

"말코?"

천풍의 말에 각기 다른 말을 반문한 혜광과 진현이 서로를 마주 본다.

혜광이 한심하다는 투로 진현에게 말했다.

"지금 그런 거 신경 쓸 때냐?"

"나더러 말코라잖아?"

"나한텐 계속 빡빡이라 했거든? 네놈도 보면 이상한 데서 예민해지는 구석이 있다니까."

그렇게 핀잔을 주고는 천풍에게로 다시 눈을 돌렸다.

"다른 거라니?"

"천극신공."

"그게 뭔데?"

"내가 만들고 있는 무공."

혜광이 '지금 장난하냐'는 눈으로 천풍을 본다.

"그건 됐고. 결의 무예나 얼른 보여 줘. 지금은 애들 장난 같은 유치한 짓이나 하고 있을 때가 아니란 말이야."

"싫어."

"이게 정말!"

"싫어! 싫다고! 싫다니까!"

"왜 싫은데? 대체 이유가 뭐야?"

"그냥! 내 맘이지롱. 히히히히."

"……!"

참으로 인내의 한계를 느낀다.

이젠 정말 못 참겠다.

죽여 버리고 싶다.

이미 꽉 말아 쥔 주먹에는 살기가 진득하게 깃들고 있었다.

그런 혜광을 진현이 말렸다.

"천극신공이란 거, 한번 보기나 하자고. 결의 무예는 그 다음에 봐도 늦지 않잖아. 어차피 지금 풍이 상태로 봐선 억지로 강요한다고 될 일도 아닌 것 같고."

"그래도 그렇지, 내가 천극신공 그딴 거나 보려고 이런 주정 저런 주정 다 받아 가며 이 고생을 하고 있는 건 아니잖아?"

"흥! 보고 놀라 자빠지지나 마라, 빡빡이 땡추야."

"빡빡이 땡추는 또 뭐야?"

"일단 천극신공을 한번 보고 나면 놀라서 가을 연어처럼 팔딱팔딱거릴걸?"

"놀라서 가을 연어처럼 팔딱팔딱거리는 건 또 어떤 건데? 아, 몰라! 마음대로 해! 천극신공인지 뭔지 어디 한번 마음대로 해 보라고!"

"히히히히, 빡빡이가 그렇게나 보고 싶어 하니까 이 형님께서 은혜를 베풀도록 하지. 눈 똑바로 뜨고 잘 봐. 눈 한 번 깜빡일 때마다 황금 백만 냥을 날리게 되는 거나 마찬가지니까. 천극신공은 그만한 가치가 있는 거거든. 에헴."

소개 한번 참 거창하기도 하다.

천극신공이 어떤 무공인지는 모르겠지만 기분이 좋을 때는 자신이 빡빡이가 되고 기분이 좀 나빠지면 빡빡이 땡추가 된다는 것 정도는 알겠다.

천풍이 비교적 평평한 공터를 찾아 자리를 잡았다.

진현의 눈에는 결의 무예를 보지 못했다는 것에 대한 실망과, 그래도 천풍이 만든 무공에에 대한 기대가 반반 섞여 있었고 혜광의 눈은 짜증과 불만으로 가득 차 있었다.

그러나 천풍이 나뭇가지를 하나 주워 들어 기수식도 없이 그것을 허공에 뻗는 순간, 반쯤 섞여 있던 진현의 실망도, 혜광의 눈에 가득했던 짜증과 불만도 모두 씻은 듯이 사라져 버렸다.

"뭐야 저건……?"

"천극신공이란 게 대체……."

남겨진 것은 충격뿐이었다.

한순간에 좌중을 충격으로 몰아넣은 천풍이 그들을 보며 씨익 득의의 미소를 흘린 후 한바탕의 검무를 추기 시작했다.

술기운 때문일까?

몸이 뜨거웠다.

취기가 오른 걸까?

살갗을 스쳐 가는 공기는 유난히 차가웠다.

바람에선 향기가 나고 멀리서 들리는 산새 울음소리는 잡힐 듯이 선명하다.

천풍은 천극신공을 펼치고 있었다.

사실 천극신공은 검무를 추기에 적합한 무공은 아니었다.

한데 술에 취해 몸이 흐느적대니 절로 검무가 되고 춤사위가 되었다.

처음에는 애써 균형을 잡아 보려고도 하고 절도 있는 동작을 만들어 보려고도 했지만 역시 술기운 때문에 그게 잘 되지 않았다.

몸이 마음대로 움직이지를 않으니 답답하기도 하고 짜증도 났다. 하지만 그도 잠시, 제멋대로 움직이는 팔다리들이 오히려 재미있었다.

그래서 내버려 두기로 했다.

손이 가는 대로 발이 움직이는 대로 나뭇가지에 몸을 내맡겨 버렸다.

그렇게 조금 더 지나자 차츰 자신이 펼치는 것이 천극신공인지도 잘 모르게 되어 버렸다.

그러고 보니 어딘지 풍파결과도 비슷했다.

풍파결 자체가 검무이기 때문일까? 아니면 십 년이 넘는 세월 동안 완전이 몸에 녹아든 때문일까?

전혀 어색하지 않았다.

어쩌면 단지 술기운 때문인지도 모르지만 스스로 느끼기에 풍파결이 너무 자연스럽게 천극신공 속으로 스며들고 있었다.

마치 천극신공에 다시 하나의 무공을 더 조합하는 것처럼 그렇게 풍파결도 천극신공과 버무려지고 있었다.

그것은 실로 충만한 일체감이었다.

흥까지 돋았다.

한바탕 신명나게 춤사위를 벌였다.

그때였다.

그 순간 시야가 하얗게 변하더니 눈앞에 보이던 모든 것들이 사라졌다. 그리고 백지처럼 새하얗게 변한 시야에 마치 환영처럼 돌연 수많은 선들이 그려졌다.

'에? 이건…… 검로잖아?'

검로다!

분명 검로였다.

그간 그가 익힌 수백 수천 종의 무공이, 그 검로가 환상처럼 눈앞에 펼쳐지고 있었다.

술이 확 깨는 기분이다.

이 갈증, 이 떨림…… 너무도 익숙했다.

몸속 365개 혈이, 그 안의 기운이 뜨겁게 달아오르는 이 느낌 또한 익히 알고 있었다.

십 년 전 그때와 똑같았다.

십 년 전 그때, 천형의 한계를 넘어 기(氣)라는 것을 처음으로 느꼈던 그때도 지금처럼 시야에 검로가 펼쳐졌었다.

'어쩌면…….'

어쩌면 가능할지도 모른다.

십 년 전 그때는 보지 못했다. 하지만 어쩌면 지금은, 지금이라면 볼 수 있을지도 모른다.

저 끝에, 저 너머 어딘가에 있을 무언가에 드디어 손이 닿을는지도 모른다.

피는 거꾸로 솟고 심장은 터질듯 세차게 뛴다.

그리해 천풍의 검무는 더욱 빨라지고 더욱 강해지고 더욱 화려해졌다.

보는 사람마저도 뜨겁게 달아오르게 할 만큼.

심장이 뜨거워서, 머리가 뜨거워서, 불끈 말아 쥔 주먹이 뜨거워서 도저히 가만히 구경만 하고 있을 수가 없을 만큼.

그리해 진현이 뛰어들었다.

진현이 천풍의 검무 속으로 뛰어들어 마치 합벽을 하듯 천풍의 검무와 어우러졌다.

그런 진현을 보며 혜광이 툴툴거렸다.

"젠장! 저 도사 놈은 또 왜 저래?"

그러나 지금 진현의 마음을 가장 잘 알고 있는 것은 그 누구도 아닌 혜광이다.

그 역시 다를 것이 없었다.

온몸이 근질거려서 도무지 견딜 수가 없었다.

아니, 그것은 차라리 기연이었다.

저 속으로 들어가면 한 걸음을 더 내디딜 수 있을 것만 같았다.

저 속으로 들어가면 아직 넘지 못한 벽을 넘을 수 있을 것만 같았다.

왠지 모를 기분은 차츰 확신으로 변해 간다.

“젠장! 알 게 뭐야! 어디 한번 같이 미쳐 보자고!”

결국 혜광도 천풍이 만들어 내는 검무에 합류했다.

천풍에게 뒤질세라 진현은 태극혜검을, 혜광은 소림 칠십이종절예를 뽐냈다.

그렇게 세 명의 고품격 춤사위가 옥화산 중턱에서 신명나게 어우러졌다.

제12장

만부막적(萬夫莫敵), 만 명의 적이 상대가 되지 못한다

천극의 서

“왜 현천문을 저리 놀려 두고 있는 거예요?”

위서량의 집무실 문을 쾅 소리가 나도록 거칠게 박차고 들어온 단화영이 신경질적으로 따져 물었다.

그녀는 분을 삭이지 못하고 있었다.

그도 그럴 것이 바로 조금 전에도 큰 전투가 있었다.

흑지 비사천문에서 삼천이 넘는 적이 몰려왔고 남녕 지부의 전 병력을 동원해서야 간신히 물리칠 수 있었다. 하지만 사상자가 적지 않았다.

어제까지만 하더라도 신경전 정도로만 끝이 났던 싸움이 오늘은 어쩐 일인지 공격이 거셌다. 사상자 수가 무려 일천에 달했고 화산도 서른 명이 넘는 제자가 크고 작은 부상을 당했다.

단화영이 화를 내는 것도 그래서였다.

"한 명의 무인도 아쉬운 판국에 왜 3천이나 되는 병력을 그냥 놀려 두고 있느냔 말이에요!"

"놀려 둘 만하니까 놀려 두는 거지."

"그러니까 왜요? 왜냐고요! 그들 3천 병력이 도왔으면 이렇게까지 큰 피해를 입지 않았을 지도 모르는데……."

"어림없는 소리! 그깟 어줍잖은 놈들이 합세한다고 결과가 달라질 만큼 적들이 호락호락한 줄 알아?"

"뭐라고요?"

"어차피 전쟁에 집어넣어 봐야 쓸모도 없는 것들이야. 오히려 방해만 될 뿐이란 말이야."

"그걸 어떻게 알아요? 저들이 쓸모가 있는지 없는지 한 번 제대로 써 보기나 했어요?"

"꼭 똥인지 된장인지 먹어 봐야 알아? 그리고 난 엄연히 이곳의 책임자야. 어디까지나 판단하고 결정하는 것은 내 권한이고 그 책임 또한 내가 지는 거야. 그러니까 현천문의 일로 나한테 왈가왈부하는 건 엄연히 월권행위라 이 말이야."

"그러니까 책임자면 책임자답게 제대로 하란 말이에요!"

"내가 책임자답지 않았던 건 또 뭐야? 정말로 책임감 없이 행동하는 것은 내가 아니라 현천문의 문주란 작자지! 동지들은 피투성이가 되도록 죽기로 적을 막아 내고 있는데 허구한 날 술이나 퍼질러 마시면서 싸돌아다니고 있잖아. 그런 한심한 작자가 문주로 있는 곳인데 제대로 된 놈들이 있겠어? 괜히 분란이나 조장하고 사기나 떨어뜨릴 게 뻔하지."

거기에 대해선 대꾸할 말이 없었다.

위서량의 말은 모두 사실이었다.

하루도 진득하게 붙어 있는 날이 없었다.

아침만 되면 어딜 그리 급히 가는지 부리나케 이곳을 빠져나갔다가 밤이 늦어서야 얼큰하게 취한 얼굴로 돌아오기 일쑤였다.

그래서 위서량의 말에 이번만큼은 반박을 못했다.

그렇다고 불만이 단지 그것뿐인 것은 아니었다.

"좋아요, 현천문 문제는 그렇다고 쳐요. 그럼 지원 요청은 왜 안 하는 건데요? 이대로라면 남녕이 무너지는 것은 시간문제인데 왜 총단에다가 충원을 요청하지 않는 거예요?"

"그야 총단의 사정도 그리 여의치가 않으니까."

"그럼 서림 지부에라도 도움을 청해야 할 거 아니에요! 정말 이대로 남녕이 무너지도록 넋 놓고만 있을 참이에요?"

"무너지긴 뭘 무너져! 이 위서량이 남녕을 맡고 있는 이상 남녕을 잃는 일은 절대로 없어!"

그러나 위서량의 그 같은 호언장담도 무색하게 그로부터 채 열을 새기도 전에 상황은 급전직하했다.

갑자기 수하가 다급한 얼굴로 달려 들어왔다.

"무슨 일이냐?"

"크, 큰일 났습니다!"

그 음성은 얼굴보다도 더 다급이 들렸다.

"무슨 일이냐니까?"

"흑지 놈들이 진계령(陳啓嶺)을 넘었습니다."

"뭐?"

위서량은 물론이고 단화영도 놀란 눈을 부릅떴다.

진계령은 흑지와 남녕 지부 간의 군사 경계선이었다. 진계령을 두고 양 진영이 대치하고 있는 상황에서 그들이 진계령을 넘었다고 하면 이는 곧 흑지의 공격을 의미했다.

"그게 무슨 말이냐? 놈들이 진계령을 넘다니?"

이미 한 번 전투가 있었다. 그것도 고작 한 시진도 되지 않은 일이었다. 한데 또다시 흑지가 공격해 왔다니?

"우리 측은 아직 제대로 정비도 되지 않았는데 어찌……."

"그게 문제가 아닙니다. 놈들의 수가 자그마치 일만입니다!"

"뭐? 일만? 지금 일만이라 했느냐?"

위서량이 저도 모르게 벌떡 자리를 박차고 일어섰다.

일만이라니?

남녕 지부의 군세로는 단 3천의 적조차 상대하기가 벅찬 판국인데 일만이라니?

"저들에게 그만한 군세가 있었더란 말이냐? 그만한 군세가 있으면서 왜 지금까진……."

위서량은 도무지 정신을 차릴 수가 없었다.

"지금은 그런 걸 따질 때가 아니잖아요!"

답답했는지 단화영이 날카롭게 소리를 질렀다.

"적들을 어떻게 막을 건지 그것부터 생각해야죠!"

고막을 찌르는 듯한 날카로운 목소리가 다행히 혼란스런 마음을 가라앉히는 데는 적잖이 도움이 됐다.

그녀의 말대로다.

지금은 어떻게 적들을 막을지 그 방법부터 찾아야 했다.

하지만 머릿속이 냉정해지면 냉정해질수록 달리 방법이 없다는 확신만 강해질 뿐이었다.

막을 수 없다.

흑지 비사천문의 적당 일만을 막아 내려면 적어도 그 세 배인 삼만이 있어야 했다. 하지만 지금 남녕의 군세는 기껏해야 일만이 조금 넘을 뿐이다.

절대적인 세 불리였다.

이대로 적들을 맞는다는 것은 계란으로 바위를 치는 것만큼이나 어리석은 짓이었다.

머리가 빠르게 돌아갔다.

"지금 바로 서림까지 군을 물릴 테니까 그렇게 준비들을 시켜!"

빠르게 생각을 정리하고는 수하에게 그렇게 명했다

단화영이 급히 물었다.

"이곳을 버리겠다는 거예요? 남녕을 잃을 일은 절대로 없다면서요?"

"달리 방법이 없다는 건 아영 사매가 더 잘 알잖아! 지금으로선 군을 물려서 서림 지부와 합류하는 것이 최선이야. 남녕은 그 후에 다시 찾으면 돼!"

틀린 말이 아니었다.

어쩌면 지금 상황에서 가장 현명한 대처일 수도 있었다.

"하지만 서림까지는 어떻게 가려구요? 저들이 우리보다 빠른 걸 몰라서 그래요? 필경 서림에 도착하기도 전에 따라잡힐 것이 뻔한데……."

"시간을 벌어야지!"

"어떻게요?"

"인원을 일부 나눠서 용궐(龍闕)을 지키면 서림까지의 이동 시간은 충분히 벌 수 있어."

용궐은 서림으로 가는 길에 있는 용의 입을 닮은 협곡이었다. 통로가 좁아서 적은 수로 많은 수를 상대하기에 적합했다.

위서량의 말에 단화영이 어이없어 한다.

"인원을 나눠요? 설마 그 나눈 인원을 화살받이로라도

쓰겠다는 거예요?"

"어쩔 수 없는 희생이야."

"어쩔 수 없는 희생이라고요? 그럼 그 어쩔 수 없는 희생으로는 누구를 뽑을 건데요? 또 그들에겐 어떻게 말할 건데요? 우리를 위해 죽어 달라 그럴 거예요?"

"우리를 위해 죽는 게 아니지. 중원 무림을 위해 죽는 거야."

"그런 말에 납득을 할 것 같아요?"

"무림맹에 들어온 이상 상명하복은 절대적인 거야. 그들이 납득을 하고 말고는 상관이 없어. 전시에서의 명령 위반은 곧 공개 처형이니까. 더구나, 어차피 달리 쓸데도 없는 놈들인데 뭘. 중원 무림을 위해 죽는다면 놈들에겐 더할 수 없는 영광인 거지."

말투를 보니 화살받이로 누구를 쓸지 이미 정해 놓은 것 같았다.

"설마……."

쓸데도 없는 놈들…….

"현천문을 생각하시는 거예요?"

"현천문을 저대로 놀려 두지 말라고 한 건 아영 사매 아냐?"

"그러니까 지금까지는 없는 것처럼 외면하다가 이제와 다급해지니 그들을 화살받이로 쓰겠다고요? 절대로 그럴 수 없어요! 누구 맘대로요?"

"분명히 말했을 텐데? 이곳의 책임자는 나라고. 판단을 하는 것도, 명을 내리는 것도, 책임을 지는 것도 바로 나란 말이야!"

"그 대단한 책임자께서 지원 요청을 미적이는 바람에 이 지경이 된 거죠! 좋아요! 어디 그렇게 해 보세요. 만일 현천문도들을 화살받이로 세우겠다면 우리 화산도 그들과 함께할 거예요!"

"뭐?"

"저도 중원 무림을 위해 이 한 목숨 바쳐 보겠다고요!"

"이……!"

위서량의 꽉 깨문 입술이 파르르 떨렸다.

당황이 아니었다.

분노였다.

연정을 품은 상대가 죽겠다고 하는데도 그는 지금 분노하고 있었다.

현천문과 같이하겠다는 그 말이 위서량의 귀에는 천풍을 위해 목숨을 던지겠다는 것으로 들렸기 때문이었다.

"좋아! 마음대로 하라고! 아영 사매가 뭐라 하던 간에 현천문을 용궐에 세우겠다는 내 결심은 절대로 바뀌지 않을 테니까!"

그렇게 급박하게 돌아가는 형세 속에서 현천문의 문도들이 졸지에 화살받이가 되어 떼죽음을 당할 위기에 처한 그 순간에도 천풍은 세상모르고 음주가무에 빠져 있었다.

전날의 음주가무 이후로 줄곧 옥화산에서 시간을 보냈다. 그곳에서 두 친구들과 어울려 매일같이 술을 마셨고 또 매일같이 검무를 췄다.

그것은 혜광과 진현에겐 정말이지 특별한 경험이었다.

천풍과 어울려 검무를 추다 보면 보이지 않던 것이 보이고 알지 못하던 것을 알 게 되었다. 일 년, 아니, 십 년이 걸려도 깨닫기 어려운 것들이 천풍과 어울려 검무를 추다 보면 눈앞에 길이 열리곤 했다.

그것은 천풍이라고 다르지 않았다. 심지어 진현의 태극혜검과 혜광의 소림 칠십이종절예마저 천극신공 안에 담아버렸다. 수십 종, 아니, 수백 종의 무공을 조합하는 것보다도 더 큰 성취가 이루어지고 있었다

성취는 비단 천극신공에만 있지는 않았다.

그사이 술도 부쩍 늘었다.

이제는 어지간히 마셔서는 인사불성도 되지 않았고 전과 같은 추태도 더 이상은 보이지 않았다. 그로 인해 그들 셋은 정말이지 즐겁게 술을 마셨고 신나게 춤을 췄다.

그날도 그랬다.

술자리는 즐거웠고 한판의 춤사위는 그들에게 각자가 얻

고자 하는 바를 얻게 해 주었다.

그렇게 충실한 하루를 보내고 얼큰히 취해서 옥화산을 내려오는 길이었다.

산어귀의 소로에서 한 무리의 행렬을 만났다.

공교롭게도 다름 아닌 남녕 지부의 군사들이었다. 그 행렬 중 가장 앞자리에는 위서량도 있었다.

이렇게 천풍과 조우하게 될 줄은 상상도 못했던 위서량이기에 얼굴에는 당황한 기색이 역력했다.

"이게 다 무슨 일입니까?"

천풍이 어리둥절해하며 물었다.

당황해 있는 위서량 대신 그 옆의 수하가 대답했다.

"흑지의 공격이 너무 거세서 서림 지부로 급히 후퇴 중입니다."

"흑지의 공격이 얼마나 거세길래요?"

"적도의 수가 족히 일만이 넘습니다."

그 수하의 말에 천풍은 물론이고 혜광과 진현마저도 경악한 표정을 했다. 그리고 수긍도 했다.

흑지 비사천문의 수가 일만이 넘었다면 남녕 지부가 감당할 수 없는 공세인 것만은 분명한 일이었다.

한데,

"저희 현천문은 왜 보이지가 않습니까?"

"그게……."

위서량의 수하가 그것만은 선뜻 대답을 못했다.

그 질문에 대한 대답은 오히려 위서량이 했다.

위서량이 고개를 들고는 짐짓 당당히 대답했다.

"그들은 용궐에 남았소. 본진이 무사히 서림 지부와 합류할 수 있도록 용궐에 남아 흑지의 발을 묶고 있소."

"뭐라고요?"

천풍이 기겁한 얼굴을 했다.

뒤이어 혜광이 물었다.

"왜 하필이면 현천문만 남은 거요?"

위서량이 현천문을 찬밥 대접한다는 것 정도는 익이 아는 사실이었다. 혹시 사사로운 감정으로 현천문을 죽음으로 내몬 것이 아니냐는 추궁이었다.

"현천문만이 아니오. 화산일검향을 위시한 화산파 제자들도 충의로서 그곳에 남았소!"

사사로운 감정으로 현천문만을 죽음으로 내몬 것이 아니다. 대의를 위한 어쩔 수 없는 희생이었고 거기에는 화산의 살신성인도 있다.

그러니까 자신을 탓하지 말라.

어떻게 된 상황인지 그 자세한 내막을 모르는 그들로서는 더는 따져 물을 수가 없었다.

더구나 천풍은 그것을 따져 물을 정신조차도 없었다.

"얼마나 되었습니까?"

"적들이 용궐에 도착한 것이 이미 두 시진은 넘었을 것이오. 안타까운 일이지만 지금쯤이면 저지선이 뚫렸을 가능성이 크오."

용궐의 저지선이 뚫렸다는 것은 현천문 3천 문도들의 전멸을 의미했다.

그렇다고 해도 희망을 놓을 수는 없다.

천풍은 그 즉시 용궐로 달려가려 했다. 그런 천풍을 혜광과 진현이 막아섰다.

"이미 늦었어."

"무모하게 덤벼들었다간 자네까지 목숨을 잃을 수도 있어."

그들의 말도 지금 천풍의 귀에는 들어오지 않았다.

한데, 천풍이 뭐라 반박을 하기도 전이었다.

"어쩌면 안 늦었을 수도 있는데?"

군사들 틈으로 삐죽 얼굴을 내밀며 그렇게 불쑥 끼어든 것은 마선동 이진하였다.

괜히 하는 소리가 아님을 느낀 천풍이 급히 물었다.

"거기 상황을 알아?"

"반 시진 전까지의 상황은 알아요. 아무 설명도 없이 용궐을 지키라기에 저도 멋모르고 같이 갔다가 아주 골로 갈 뻔했다니까요."

이진하가 독기 서린 눈으로 위서량을 본다. 하나 천풍의 등에 가려져 있어 위서량은 이진하의 그 같은 눈을 제대로 보지 못했다. 만일 위서량이 그 눈을 직접 보았다면 적어도 사흘 정도는 원인 모를 악몽에 시달렸을 것이다.

"그래, 거기 상황은 어때?"

"제가 있던 동안에는 잘 막고 있었어요."

이진하의 말에 천풍을 제외한 모두가 놀란 얼굴을 했다.

그도 그럴 것이 고작 삼천이었다. 아무리 용궐의 지형이 특수하다고 해도 고작 삼천으로 흑지의 일만 군세를 두 시진이나 버텨 냈다는 것은 그야말로 어불성설이었다.

하지만 천풍만은 믿었다. 그래서 크게 안도했다.

"그래도 상황은 좋지 못했어요. 제가 빠져나온 것도 그리 오래 버티지 못할 것 같아서였으니까."

그 정도면 된다.

반 시진이라면 최악의 경우라도 살아 있는 자가 죽은 자들보다는 많을 것이다.

천풍은 더는 미적이지 않았다.

혜광과 진현을 뿌리치고 그대로 내달렸다.

혜광과 진현이 말릴 틈도 없었다.

천풍은 그들의 시야에서 순식간에 사라져 버렸다.

천풍이 사라지자 혜광이 이진하를 불렀다.

"어이, 꼬마."

이진하가 마황성주임을 알았다면 아무리 막 나가는 혜광

이라도 그렇게 부르지는 않았을 테지만 혜광은 그저 이진하가 현천문과 관계있는 아이 정도로만 생각했다.

이진하가 혜광을 보자 혜광이 품속에서 무언가를 꺼내어 이진하의 손에 쥐어 주었다.

"용궐에서 여기까지 반 시진 만에 왔다면 경공은 제법일 테지? 그럼 이 길로 곧장 서림 지부로 달려가서 이 패를 보여 주고 서림 지부의 모든 병력을 용궐로 집결시키라고 해."

이진하에게 그렇게 이르고는 이어서 위서량을 보았다.

"어이 거기. 형산의 위서량이라고 했소? 서림 지부의 병력이 올 때까지 버티려면 여기 있는 남녕의 군사들이 절대적으로 필요하니까 지금 바로 군을 돌려서 용궐로 갑시다."

"하나, 그건 너무 위험한……."

"빠르게 대처하면 얼마든지 희생을 최소화할 수 있소. 아니면, 잘만 하면 살릴 수 있는 동도들을 조금 위험하다고 이대로 외면하려는 거요?"

"그야 당연히……."

"그럼 어서 군을 돌리지 않고 뭐하시오? 한시가 바쁘다니까!"

혜광에 진현까지 독촉을 하니 위서량이라고 버텨 낼 재간이 없다.

그렇게 해서 상황은 다시 급변했다.

천풍은 바람이었다.

아니, 지금 이 순간만큼은 바람보다 빨랐다. 그리해 반각도 되지 않아 용궐에 도착했다.

용궐은 말 그대로 아비규환이었다.

흑지 특유의 흑의무복이 아니었다면 모두가 한데 뒤엉켜 적아를 구분하기조차 어려웠을 것 같았다.

상황은 역시 좋지 못했다.

현천문 문도 중에 절반 가까이가 그들의 발밑에 나뒹굴고 있었다. 그렇게 발밑을 나뒹구는 시체들의 면면들은 하나같이 낯이 익은 얼굴이었다.

"이……!"

그 참혹하고 참담한 광경에 눈이 돌아가는 거야 당연했다.

가슴이 끓어 이성이 녹았다.

머리가 끓어 생각이 사라졌다.

남은 것은 오직 세상을 태워 버릴 듯한 분노와 세상을 녹여 버릴 듯한 살기뿐이었다.

천풍은 곧장 아비규환의 참상 그 중심으로 달려들었다. 그리고 끝내 사람의 마음마저 놓아 버렸다.

*　*　*

"뭐야 저게?"

혜광은 경악에 찬 탄성을 터트렸고,

"……."

진현은 탄성마저도 지르지 못했다.

그들의 뒤를 따라 한 발 늦게 당도해서 눈앞의 광경을 목도한 위서량은 아예 정신줄을 놓고 그 자리에서 얼어붙었다. 그것은 남녕의 일만 무인들 역시 마찬가지였다.

그들의 눈에 현천문 문도들은 보이지 않았다. 분명히 거기에 있는데도 그들의 눈에는 보이지 않았다.

그들의 눈에 보이는 것은 오직 천풍과 천풍을 마주한 흑지의 일만 군대뿐이었다.

일 대 일만의 싸움이었다.

아직 살아남아 치열히 사투를 벌이고 있는 현천문 문도들의 존재감을 완전히 지워 버릴 만큼 지금 천풍의 모습은 가히 압도적이라 할 만했다.

그 위압감은 천풍의 손이 절대로 닿을 수 없는 곳까지도 아우르고 있었다.

흑지의 일만 군대조차 어느 순간부터는 눈앞의 현천문 문도를 보지 않고 까마득히 멀리 떨어져 있는 천풍을 보고 있었다.

하지만 천풍의 손은 그러한 위압감보다도 더 큰 권능으로 적진을 휘저었다.

서림 지부의 지원은 애당초 필요치 않은 것이었다.

남녕 지부의 회군 역시도 괜한 것이었다.

혜광도, 진현도 필요 없었다.

흑지의 일만 군대는 천풍의 손에 파죽지세로 쓰러져 가고 있었다.

그 모습은 그야말로 단기필마로 백만 대군을 헤집었던 군신(軍神) 조자룡의 모습에 다름 아니었다.

"일기당천(一騎當千)…… 아니, 이건 그야말로 만부막적(萬夫莫敵)이잖아?"

실로 믿기지 않는 일이지만 만 명의 적이 천풍 하나를 상대하지 못하고 있었다. 만 명의 적이 천풍의 손에 추풍낙엽처럼 무너지고 있었다.

그랬다.

지금 천풍의 모습은 말 그대로 만부막적이었다.

『천극의 서』 9권에서 계속

요도 김남재 신무협 장편소설
ORIENTAL FANTASYSTORY & ADVENTURE
地獄王
지옥왕
배신을 당해 죽음을 맞이하게 된
마교 교주 생사도 용무련.
그가 운명을 거스르는 자들을 잡기 위해
지옥에서 다시 돌아왔다.
dream books
드림북스

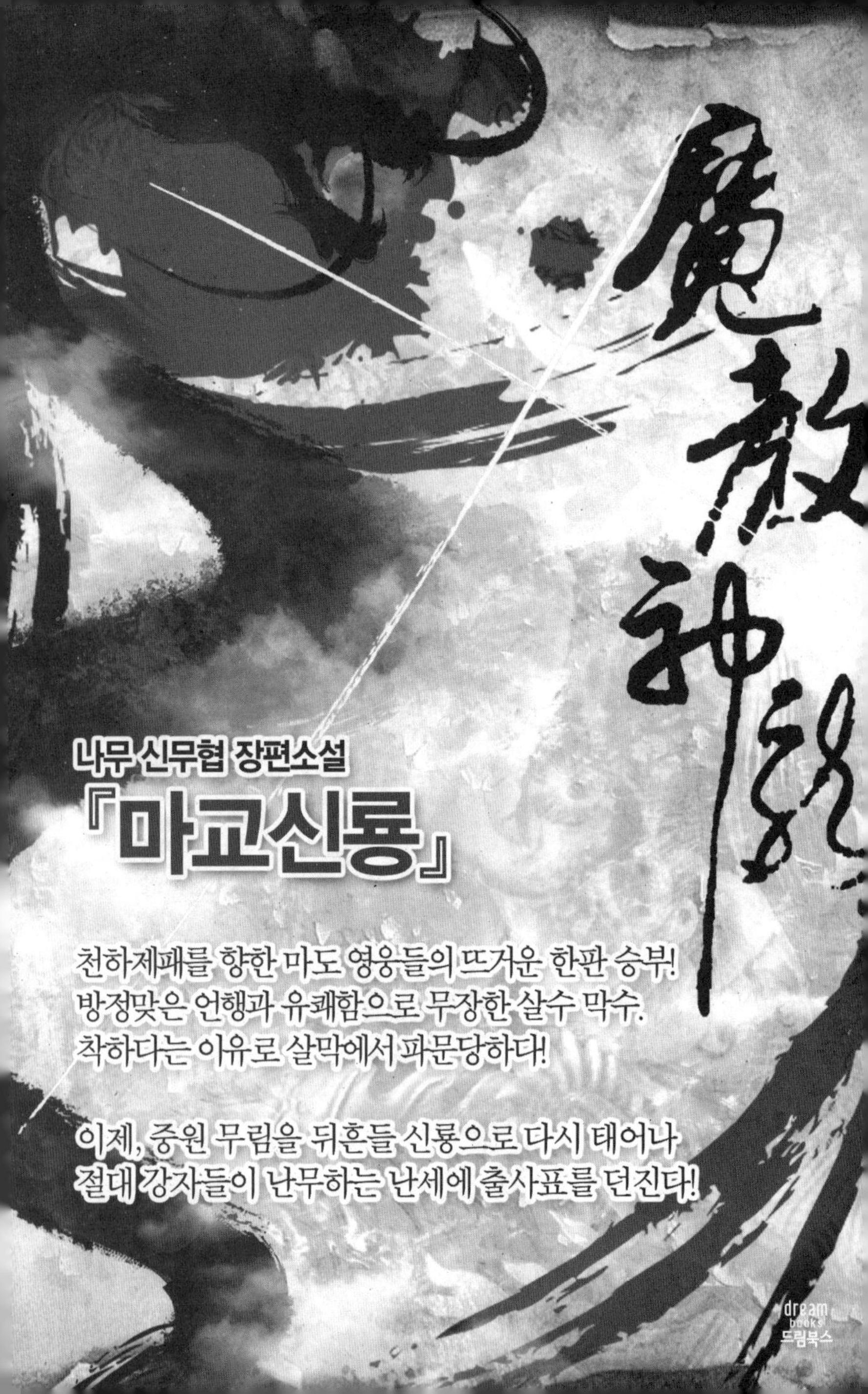
나무 신무협 장편소설
『마교신룡』
천하제패를 향한 마도 영웅들의 뜨거운 한판 승부!
방정맞은 언행과 유쾌함으로 무장한 살수 막수.
착하다는 이유로 살막에서 파문당하다!
이제, 중원 무림을 뒤흔들 신룡으로 다시 태어나
절대 강자들이 난무하는 난세에 출사표를 던진다!
dream books
드림북스